L'EMPIRE DES TÉNÈBRES

SÉRIE « Jimmy GUIEU »
Déjà parus

N° 1 – Au-delà de l'infini
N° 2 – Les Monstres du néant
N° 3 – L'Invasion de la Terre
N° 4 – Les Êtres de feu
N° 5 – Hantise sur le monde
N° 6 – Convulsions solaires
N° 7 – L'Univers vivant
N° 8 – Réseau dinosaure
N° 9 – La Dimension X
N° 10 – Chasseurs d'hommes
N° 11 – La Spirale du temps
N° 12 – Nous les Martiens
N° 13 – Le Monde oublié
N° 14 – Mission « T »
N° 15 – L'Homme de l'espace
N° 16 – L'Ère des biocybs
N° 17 – Opération Aphrodite
N° 18 – Expérimental X-35
N° 19 – Commandos de l'espace
N° 20 – Planète en péril
N° 21 – L'Agonie du verre
N° 22 – Univers parallèles
N° 23 – La Grande Épouvante
N° 24 – Nos ancêtres de l'Avenir
N° 25 – L'Invisible Alliance
N° 26 – Prisonniers du Passé
N° 27 – Piège dans l'Espace
N° 28 – Les Portes de Thulé
N° 29 – Le Secret des Tshengz
N° 30 – Refuge cosmique
N° 31 – Demain l'apocalypse
N° 32 – Les Destructeurs
N° 33 – Les forbans de l'Espace
N° 34 – La Mort de la Vie
N° 35 – Joklun-N'Ghar la maudite
N° 36 – Le règne des mutants
N° 37 – Traquenard sur Kenndor
N° 38 – Cité Noé N° 2
N° 39 – Le Grand Mythe
N° 40 – Les Orgues de Satan
N° 41 – Expédition cosmique
N° 42 – Les cristaux de Capella
N° 43 – Les Maîtres de la Galaxie
N° 44 – Opération Ozma
N° 45 – Les rescapés du néant
N° 46 – L'Exilée de Xantar
N° 47 – L'Âge noir de la Terre
N° 48 – Le Retour des dieux
N° 49 – Les Pièges de Koondra
N° 50 – Les Sept Sceaux du Cosmos
N° 51 – Les fugitifs de Zwolna
N° 52 – La Terreur invisible
N° 53 – Le Bouclier de Boongoha
N° 54 – L'Ordre vert
N° 55 – Le Triangle de la mort
N° 56 – Créatures des neiges
N° 57 – La Force sans visage
N° 58 – La Colonie perdue
N° 59 – Plan catapulte
N° 60 – La Voix qui venait d'ailleurs
N° 61 – La Charnière du temps
N° 62 – Les Légions de Batzouk
N° 63 – Enjeu cosmique
N° 64 – La Mission effacée
N° 65 – Opération Neptune
N° 66 – Les Germes du chaos
N° 67 – Les Veilleurs de Poséidon
N° 68 – Le Maître du temps
N° 69 – Manipulation Psi
N° 70 – Les Krolls de Vodna
N° 71 – La Stase achronique
N° 72 – Oniria
N° 73 – La Lumière de Thot
N° 74 – Les Yeux de l'épouvante
N° 75 – La Clé du Mandala
N° 76 – Hiéroush la planète promise
N° 77 – Le Rayon du cube
N° 78 – Les Sphères de Rapa-Nui
N° 79 – La Caverne du futur
N° 80 – Projet King
N° 81 – Trafic interstellaire
N° 82 – L'Arche du temps
N° 83 – Les Fils du Serpent
N° 84 – Le Pionnier de l'atome
N° 85 – Échec aux Végans
N° 86 – Spoutnik VII a disparu
N° 87 – Magie rouge
N° 88 – Les Rebelles de N'Harangho
N° 89 – Le Serpent Dieu de Joklun-N'Ghar
N° 90 – Le Poison de Thogar'Min
N° 91 – Les Maudits d'Hertzvane
N° 92 – Les Albinos de Sulifüss
N° 93 – Les Naufragés du temps
N° 94 – Captifs de la Maison Rouge
N° 95 – Échec au destin
N° 96 – La Force noire
N° 97 – Les Magiciens des mondes oubliés
N° 98 – La Terreur venue du néant
N° 99 – L'Ombre du Dragon Rouge
N° 100 – Le maître de la Main Rouge
N° 101 – Narkoum : finances rouges
N° 102 – Les brumes de Joklun-N'Ghar
N° 103 – Les Voleurs de Dieux
N° 104 – Plan d'extermination
N° 105 – Flammes sur Batoog
N° 106 – Au cœur de Kenndor
N° 107 – Réseau Alpha
N° 108 – La fin de Gondwana
N° 109 – L'héritage de Noé
N° 110 – Embuscade sur Eileena
N° 111 – L'offensive des Frotegs
N° 112 – Les sentiers invisibles
N° 113 – L'alliance des invincibles

science fiction

SF

JIMMY GUIEU

Grand Prix du Roman Science-Fiction 1954
Prix du Roman Ésotérique 1969
Grand Prix du Roman S.F. Jean Auvray 1973
Prix du Roman à succès 1987
(Catégorie Science-Fiction)
Oscar de France de la Littérature Fantastique

L'EMPIRE DES TÉNÈBRES

VAUVENARGUES

Couverture : peinture de Jean-Louis Morelle

ISBN : 2-7443-0048-9

« On a tendance à se moquer de
ce que l'on ne comprend pas. »

Goethe

CHAPITRE PREMIER

Copacabana ! Ses hôtels ! Ses palmiers ! Son soleil éclatant ! Sa longue plage de sable fin en arc de cercle… assez peu fréquentée ce 14 juin. Mais il faut dire qu'à cette date et malgré les vingt-cinq degrés au-dessus de zéro, on se trouvait en plein hiver sous cette latitude.

Barrant le ciel avec ses vingt-neuf étages, l'hôtel *Othon Palace* de Rio dominait Copacabana. Régine Véran et Gilles Novak regagnaient la plage en nageant mollement, s'orientant aisément vers le marchand de cerfs-volants auprès duquel ils avaient laissé leurs serviettes et nattes de raphia. Très populaires, ces cerfs-volants dessinaient en général un condor aux ailes chamarrées. Les jours d'affluence, d'innombrables gamins galopaient en tirant sur la ficelle de ces inoffensifs rapaces de papier, louvoyant entre les baigneurs, tant à Copacabana que sur les autres plages d'Ipanema, Leblon, Arpoador, Leme ou celles, plus au nord, de Botafogo ou du Flamenco. Pour l'instant, au bord de l'eau, les rares enfants jouaient au football de plage.

Bronzés à souhait, le directeur de la revue *LEM* — L'étrange et le mystérieux dans le monde et..., ailleurs — et sa compagne sortirent de l'eau. Après avoir adressé un signe de remerciement au vendeur ambulant, ils s'allongèrent avec bonheur sur leurs nattes. Sous la sienne, Gilles fouilla le sable, creusa une vingtaine de centimètres, exhuma un sachet plastique et en sortit quelques billets à l'approche d'un adolescent porteur d'une glacière.

A quelques mètres de là, deux paires d'yeux ne perdaient rien de leurs moindres faits et gestes. Avec des mines gourmandes, deux enfants épiaient ce couple d'étrangers « richissimes » qui pouvait s'acheter des cônes de glace, ce qu'il y avait de plus cher. De fait, pour les Cariocas[1] pauvres et défavorisés — et ils sont légion, hélas — seuls des « richards » pouvaient s'offrir des vacances dans leur pays, si loin de l'Europe.

Régine repéra les gamins et soupira, apitoyée :

— Gilles, mon cœur, passe-moi de l'argent ; je voudrais faire un petit cadeau à ces gosses qui nous regardent avec envie.

Il lui tendit la liasse de billets — imposante mais de peu de valeur, en raison de la dévaluation malheureusement galopante dans ce merveilleux pays. La belle photographe acheta quatre cônes glacés, puis elle appela les enfants qui, d'abord étonnés, accoururent vite, les yeux brillants de joie.

Elle leur offrit les friandises, les embrassa, puis, sous le coup d'une impulsion subite, les entraîna vers le vendeur de cerfs-volants. Les *méninos*, fous de bonheur, bredouillèrent en portugais des paroles qu'elle ne comprit pas. Leur cerf-volant sous un bras, ils s'en allèrent en léchant leurs délicieuses glaces.

La jeune photographe laissa un bon pourboire au mar-

1. Les habitants de Rio de Janeiro.

chand qui avait gardé leurs nattes et serviettes et rejoignit le journaliste allongé en train de se délecter de sa propre crème glacée, tout en lui gardant la sienne. Elle récupéra son cône. Gilles Novak se redressa sur un coude et se pencha pour venir embrasser la cuisse de sa compagne — fortement salée au sortir de la mer.

— Ah, le mélange subtil du sel et du sucre. L'alchimie parfaite pour saisir les saveurs et les trésors de l'un et de l'autre.

Puis regardant s'éloigner les deux jeunes enfants avec leurs cerfs-volants : « Il est toujours triste qu'il faille être pauvre à ce point pour savoir encore apprécier à sa juste mesure la merveille d'une crème glacée. Tu as fait là des heureux, mon chou ; ces gosses ne doivent pas manger des glaces tous les jours. Ils avaient des maillots usés et troués !

— C'est pourquoi je leur ai aussi donné à chacun un billet de mille cruzados. Ça fait beaucoup d'argent ? s'informa-t-elle, peu familiarisée avec la conversion des francs français en monnaie locale.

— Pour eux, oui, probablement, mais cent cruzados font à peine vingt francs !

Elle sourit :

— Je suis contente d'avoir fait ma BA...

En riant et en prenant garde à maintenir sa glace en équilibre, le journaliste se laissa rouler sur son amie. Il lui caressa le visage de l'index :

— Mais je suis persuadé que tu es beaucoup moins heureuse de devoir laisser sécher ton maillot sur toi.

— C'est sûr, grimaça-t-elle. Quel dommage de ne pouvoir, ici, nous adonner aux joies du naturisme.

— Il eût fallu pour ça nous rendre à l'île de Paquetà,

le seul endroit, à ma connaissance, où les naturistes sont tolérés au Brésil. Et encore…

— Elle est loin, cette île de Paquetà ?

A quelques mètres d'eux, le vendeur de cerfs-volants se mit à pouffer. Mais il se reprit aussitôt et s'absorba dans ses comptes. Régine s'étonna, mécontente :

— Qu'est-ce qu'il a à rire comme un imbécile, celui-là ? Je croyais qu'il ne comprenait pas le français. Au reste, ce que j'ai dit n'a rien de risible.

— En effet, ma chérie. Mais c'est seulement la façon dont tu l'as prononcé, qui l'a amusé. L'accent tonique doit être placé — et encore très discrètement — sur la dernière syllabe de Paquetà. Or, toi, tu l'as placé vivement sur la seconde.

— Et alors, c'est pas un drame ! s'étonna-t-elle.

— Non, c'est seulement comique si l'on sait que, prononcé de cette manière-là, *Paquétà* signifie… « testicules »… en argot portugais ! C'est du moins ce que j'ai cru comprendre d'après les explications fournies par le liftier de l'hôtel, passablement embarrassé, lorsque je l'ai interrogé sur le moyen de se rendre dans cette île… dont je prononçais mal le nom, moi aussi !

— Et où est-elle, cette île tranquille ?

— Dans la baie de Guanabara, assez proche donc. Mais pour y aller, il aurait fallu louer un cabin cruiser… Et nous repartons ce soir.

— Hélas, les vacances s'achèvent déjà, soupira Régine, oubliant l'incident et abandonnant sa natte. Les premières vacances depuis des années, même si nous bourlinguons de par le monde pour nos enquêtes et nos recherches ou bien… (Elle baissa la voix :) …. pour des missions avec nos sœurs et frères, les Chevaliers de Lumière.

Tirant sur la ficelle de leur cerf-volant qui décrivaient une trajectoire en sinusoïde, les deux gamins revenaient en courant. Ils passèrent devant eux en lançant, d'une petite voix aiguë :

— *Obrigado e até a vista !*[1] s'écria le premier.

— *Atleus ! Muito obrigado !*[2] ajouta le second.

Le journaliste et la photographe de *LEM* leur adressèrent un signe amical de la main. Puis, ils rassemblèrent leurs maigres affaires et s'apprêtèrent à quitter la plage. Serviette et natte sur le bras, ils traversèrent la longue avenida Atlantica pour, à l'exemple d'autres touristes, entrer sans complexe en maillot dans le luxueux hôtel *Othon Palace*. Le grand hall de cet établissement situé en front de mer ne désemplissait pas de voyageurs encombrés de bagages, parmi lesquels allaient et venaient des clients peu vêtus, comme il se doit lorsque l'océan vous attend à seulement trente ou quarante mètres !

Le journaliste récupéra la clé de leur chambre auprès du concierge qui s'informa, en anglais :

— La dame qui vous cherchait vous a-t-elle trouvé sur la plage ?

— Une dame ? s'étonna Gilles Novak. Non. De qui s'agissait-il ? Elle vous a laissé son nom ?

— Désolé, monsieur Novak, elle n'a pas jugé bon de me le préciser. Cette dame vous a demandé il y a cinq ou dix minutes à peine. Je suppose qu'elle reviendra.

— Et à quoi ressemblait-elle ?

— Il y a du monde, monsieur Novak, je ne me souviens plus vraiment.

---

1. Merci et au revoir.
2. Adieu ! Merci beaucoup.

Le journaliste lui tendit un billet croyant ainsi l'aider à recouvrer la mémoire.

— Oh, monsieur Novak, non merci. Je ne me rappelle réellement plus. Ah, mais si… je me souviens qu'elle avait un détail curieux… sur la tête… oui c'est ça, une petite couronne ou un diadème brillant. C'était une belle métisse… avec une tunique blanche et une cape bleue. Je ne peux guère vous en dire davantage.

— Merci. C'est déjà très bien, répondit le Français en glissant tout de même le billet dans la main du réceptionniste.

Préoccupé, Gilles rejoignit sa compagne dans le hall des ascenseurs et lui fit part de cette visite inattendue.

— Il y a cinq-dix minutes ? souligna la jeune femme. Mais nous n'étions plus dans l'eau, nous séchions au soleil, juste en face de l'hôtel, et la plage est si peu fréquentée, aujourd'hui. Si cette personne l'avait vraiment voulu, elle aurait dû nous trouver.

— C'est bien mon avis, ajouta le banneret pour la France de l'Ordre des Chevaliers de Lumière.

Parvenus au vingt-sixième étage et sitôt dans leur chambre, le journaliste appela Irène Granchi, son amie de longue date et numéro un de l'ufologie au Brésil. On devait à cette chercheuse infatigable d'avoir organisé, en ce même hôtel *Othon Palace*, le premier congrès mondial d'ufologie de Rio[1].

---

1. Cf. *Le Monde inconnu*, n° 100 (décembre 1988). Irène Granchi est la présidente-fondatrice du CISNE, le *Centro de Investigaçoes sobre a Natureza dos Extraterrestres*, Caixa Postal 12058, Rio de Janeiro, RJ, Brasil. Irène Granchi, ainsi que le général (en retraite) Moacyr Uchoa, sont les pionniers de l'ufologie brésilienne.

— Non, Gilles, je n'ai envoyé personne à ton hôtel, d'autant que toi et Régine devez être sur le départ. Je vous souhaite une fois encore bon voyage et vous remercie pour tout. J'espère que vous reviendrez bientôt, tous les deux. Tu sais combien d'événements extraordinaires se produisent à longueur d'année, ici. Avec les USA, nous sommes le pays où il se passe le plus de choses fantastiques au plan de l'ufologie ou de la parapsychologie. Mes collègues et moi serions si heureux de faire des recherches avec vous, de vous conduire dans des sites mystérieux où...

Un cri de Régine interrompit l'entretien et Irène Granchi s'inquiéta aussitôt :

— Allô, Gilles ? Que se passe-t-il ? C'est Régine qui...

— Oui, un moment, je te prie, Irène...

Il suivit le regard stupéfait de sa compagne et tourna la tête vers le balcon-terrasse pour ciller à plusieurs reprises : là, derrière la baie vitrée coulissante, se tenait une splendide jeune femme, au regard triste, aux longs cheveux bruns. Vêtue d'une tunique translucide blanche et d'une longue cape légère, bleu clair, elle se détachait nettement sur le ciel du crépuscule. Elle portait sur la tête... une sorte de diadème d'étoiles scintillantes.

— Ne quitte pas, Irène.

Médusé, le journaliste posa le combiné et se hâta vers la baie vitrée qu'il fit rouler sur ses galets mais, déjà, l'étrange créature au si beau visage, aux yeux brillants, à l'épiderme bronzé de métisse, s'estompait, se diluait en lui tendant la main dans un geste d'appel.

Régine avait rejoint son compagnon, interloquée elle aussi :

— C'était un hologramme ? demanda la photographe.

— Non, regarde, fit Gilles en désignant, sur le sol de

ciment, l'empreinte humide d'un pied nu qui s'évaporait rapidement.

— Cette très belle femme, tu crois que c'était notre inconnue de la réception.

— Je l'ignore, mais elle correspondait à la description de l'employé.

— Qui peut-elle être et comment a-t-elle pu disparaître — s'évaporer — ainsi ?

— Aucune idée, mais ce qui me frappe, c'est qu'elle ressemblait — en beaucoup mieux — aux effigies et statuettes de Iemanja. Au Brésil, on en voit un peu partout, dans les boutiques de souvenirs, d'articles de magie, de sorcellerie ou aussi de piété. Nous en avons trouvé dans certains temples et lieux de culte imprégnés de pensées magiques, tels les *terreiros* de candomblé. Dans ces sortes de couvents, les prêtres et prêtresses initient les adeptes aux rites de la macumba ou de l'umbanda, ce dernier intégrant l'enseignement spirite d'Alan Kardec.

— Ah oui, c'est vrai, abonda la photographe, nous avons même remarqué dans une petite rue, à deux pas de l'*Othon Palace*, une modeste boutique d'objets de cultes macumba et umbanda[1]. Devant la vitrine, tu m'as montré une statue naïve de cette Iemanja, avec un plateau à offrandes contenant des piécettes et des cigarettes que déposent les plus démunis. Déesse de l'eau ou Mama d'Ouro, mère de l'or, tu m'as déjà expliqué que Iemanja compte d'innombrables fidèles. Mais on la représente toujours en femme blanche, alors que notre « visiteuse »

1. Authentique. Cette boutique approvisionne les particuliers mais aussi plusieurs *teneims* de *candombé*. et les chrétiens y trouveront des Christ Rédempteur, bras étendus, comme celui du *Corcovado*.

éphémère était une splendide métisse à la peau café au lait.

Retourné dans la chambre, Gilles reprit le combiné et mit rapidement au courant sa correspondante — patiente ! — de ce qui venait de se produire.

— J'ignore qui était cette apparition, Irène, mais cette splendeur en tunique et longue cape bleue évoquait irrésistiblement l'image de Iemanja.

L'ufologue brésilienne demeura quelques secondes silencieuse puis, mi-sérieuse mi-plaisantant, elle conclut :

— Je vois cette apparition comme un signe, Gilles, pour toi et Régine. Peut-être même un avertissement, une mise en garde. Vous menez tous deux une vie aventureuse, exaltante, d'accord, mais non exempte de danger. Soyez prudents, mes amis, mes chers amis. Je vous embrasse... Et Dieu vous garde !

Songeur, Gilles reposa le combiné en ressassant ces paroles. Il les confrontait à l'entretien confidentiel qu'il avait eu, la veille des vacances, avec Michel Merkavim, le kabbaliste israélien et Vénérable Maître Commandeur des Chevaliers de Lumière. Celui-ci lui avait exposé les grandes lignes de la périlleuse mission qui allait lui être confiée.

— Plus encore que tes précédentes missions, l'avait-il prévenu, celle qui vient recèlera des pièges. N'oublie jamais ces vérités premières, même si elles te paraissent élémentaires : parfois, les apparences sont trompeuses. Quand la flèche est tirée, elle ne revient jamais à l'arc. Ne tires donc qu'après t'être assuré d'avoir choisi la bonne cible !

Inexplicablement, ces conseils l'avaient laissé mal à l'aise : des zones d'ombre subsistaient dans les révélations de son fidèle ami. Mais une chose demeurait certaine : l'avenir de l'humanité serait remis en jeu ! Corollairement,

Gilles avait cru comprendre que lui et ses frères et sœurs du commando Alpha allaient plus que jamais être des pions au sein d'une fabuleuse tourmente, des pions sur un échiquier menaçant à tout instant d'être balayés par la main terrible d'un joueur acariâtre. « Un maelström accepté » avait précisé le Grand Maître de l'Ordre, où le libre arbitre du journaliste s'amenuiserait au fur et à mesure que le danger croîtrait... Qu'avait voulu dire le sibyllin kabbaliste ? Pourquoi n'avait-il pu être plus explicite ? A quoi jouait-il lui-même ? Etait-il l'un des joueurs de cette partie d'échec dramatique ? Non, ce n'était pas possible. Mais toutes ces questions venaient s'entrechoquer dans le cerveau troublé du journaliste.

Il fallut l'énergique secousse de Régine pour sortir Gilles Novak de ses méditations.

— Dépêche-toi, nous devons bientôt partir.

*

* *

Un employé de l'hôtel vint prendre leurs bagages, les chargea dans le taxi qui attendait devant l'hôtel, tandis que Gilles et Régine allaient régler leur note. Quand ils sortirent, le bagagiste était aux prises avec deux gamins qu'il tentait d'éloigner vertement. L'un d'eux reconnut alors les étrangers et s'écria :

— *Senhor francês ! Senhor francês !*

Gilles et Régine reconnurent à leur tour ces garçons d'une huitaine d'années auxquels ils avaient offert des glaces et les cerfs-volants.

— Laissez ! ordonna Gilles en anglais, nous connaissons ces enfants.

Le plus grand, un métis très maigre, aux yeux pétillant de malice, lui dit quelques mots en portugais. Le journaliste secoua la tête et agita les mains en signe d'incompréhension. Il se tourna vers le bagagiste et lui demanda toujours en anglais de jouer les interprètes.

Celui-ci n'entendait pas franchement la langue de Shakespeare et ce fut le chauffeur du taxi qui traduisit, dans un mauvais anglais émaillé de quelques mots de français et de portugais :

— *The kid says que una bonita femme... Sim, bonita como Iemanja, give to the kids para voce un... one gift.*

— Je ne comprends rien à ce sabir, chéri, gémit Régine.

— Il dit qu'une jolie femme, jolie comme Iemanja, a remis aux enfants un cadeau pour nous.

— *What kind of a gift* ? [1], enchaîna-t-il.

Le chauffeur parlementa avec les gamins et l'un d'eux donna au *Francês* une boîte en plastique transparent de la taille d'un paquet de Gitanes. Sans l'ouvrir, Gilles regarda à l'intérieur en l'orientant vers un lampadaire. Elle contenait deux petits objets enveloppés de papier de soie. Les garçons allaient repartir, mais Gilles les gratifia d'un billet de cinq cents cruzados chacun. Ils s'éclipsèrent, radieux.

*

* *

Dans le taxi qui roulait vers *l'îlha do Governador* [2] et l'aéroport international du Galeao, dont les longues pistes débouchaient sur la baie de Guanabara, Gilles ouvrit enfin

---

1. Quel genre de cadeau ?
2. L'île du Gouverneur.

la boîte en plastique. Il déplia les emballages de papier de soie pour faire apparaître les objets enveloppés. Régine émit un murmure d'admiration : il s'agissait de deux colliers avec, en pendentif, un bijou curieux ressemblant un peu à ces « sculptures » de César, obtenues à partir de la compression d'une voiture par une presse géante. Emprisonné dans une résine transparente, l'objet insolite, selon l'orientation qu'on lui donnait, disparaissait, remplacé par l'effigie de Iemanja, la déesse de la mer, du ciel et de l'or !

— C'est magnifique ! apprécia la jeune femme en passant le collier aux mailles dorées autour de son cou pour laisser le pendentif osciller entre ses seins.

— Magnifique et assez lourd, soupesa le journaliste.

— Qui a pu nous faire ces cadeaux ? Toujours notre inconnue ?

— Peut-être... dit-il avant de rectifier. Probablement. En fait, je doute qu'il s'agisse de simples bijoux surréalistes. Dès notre retour à Paris, nous les ferons examiner par l'un de nos amis physiciens, mais d'ores et déjà, cela me rappelle les « Psibio-Alta » qui se matérialisèrent sous nos yeux, ou presque, lors de notre mission à Marseille, auprès de Jean-Claude Maurel et ses camarades victimes d'étranges agressions paranormales[1]. Tu te souviens ?

— Oh oui. Je n'ai pas oublié ces générateurs de champ protecteur agissant lors de certaines translations d'un continuum spatio-temporel à un autre. Mais ici, que je sache, nous sommes bien dans le nôtre et non pas dans une autre dimension.

Et sans se poser davantage de questions, elle plaça autour du cou de Gilles le second collier singulier qui pou-

1. Voir SF Jimmy Guieu, n° 98, *La terreur venue du néant*.

vait, indifféremment, être porté par un homme ou une femme, à la manière d'un bijou unisexe.

— Ils sont trop beaux pour être nuisibles, tu ne crois pas…

— N'as-tu jamais entendu parler de la « Beauté du Diable », ma chérie ?

*
* *

Quelque temps plus tard, confortablement installés dans les fauteuils du Boeing de la Varig, ceintures bouclées, tablettes rabattues contre le dossier du siège avant, Gilles et Régine se penchaient vers le hublot tandis que l'appareil s'ébranlait. Ce dernier s'arracha majestueusement au sol de l'îlha do Governador et prit son essor au-dessus de la splendide baie de Guanabara, constellée de lumières, survolant cette fameuse îlha de Paquetà — qu'ils se promettaient de fréquenter lors de leur prochain séjour — et longeant le pont géant Rio-Niteroi.

— *Ate logo, Brasil !*[1] murmura le directeur de la revue *LEM*.

Il avait machinalement prononcé *Brasi'ou*, à la façon des Cariocas, considérée plutôt comme du langage populaire par les habitants de la capitale, Brasilia, trop heureux de prendre ainsi une bien innocente revanche sur les critiques — injustes —, formulées par les gens de Rio envers ceux de Brasilia, cette métropole si éloignée, « qui ferait faillite et ne tiendrait pas »… mais qui tient toujours !

Un moment plus tard, alors que le Boeing, passant au

1. Au revoir, Brésil !

large de Recife, poursuivait vers l'est sur l'océan Atlantique, les ravissantes hôtesses de la Varig, s'engagèrent dans les travées avec leur chariot pour offrir aux passagers l'apéritif, avant l'excellent repas invariablement servi sur les Brasilian Airlines.

Régine reposa son journal pour gagner les lavabos, près de la zone non-fumeur, juste derrière l'écran de cinéma. Au moment où elle y arrivait, la première porte s'ouvrit, poussée par une jeune métisse en élégant tailleur lilas, aux longs cheveux bruns, au très beau visage. La Brésilienne lui sourit en guise d'excuse. Soudain, son regard, se portant entre les deux seins de la Française et sur le curieux pendentif, elle s'exclama :

— Quel bijou original ! Je n'en ai jamais vu de pareil ! Vous permettez ? fit-elle en le prenant dans ses doigts soigneusement manucurés.

— Certainement, acquiesça Régine, alors que son interlocutrice n'avait pas attendu cette permission pour le palper, l'admirer sans retenue.

— Où l'avez-vous acheté ? Dans l'une des boutiques de l'avenida Nossa Senhora de Copacabana ou bien de l'avenida Rio Branco ?

— C'est un cadeau, aussi m'est-il impossible de vous répondre, mademoiselle. Excusez-moi, abrégea-t-elle en s'engageant dans les toilettes.

L'air préoccupé, la métisse s'éloigna et alla s'asseoir… à côté de Gilles. Puis elle parut réaliser sa méprise et annonça, avec ce délicieux accent typique, chantant sur trois notes, du portugais du Brésil :

— Oh monsieur, veuillez m'excuser. Mes amis ont raison de se moquer de ma distraction. Pardonnez encore mon étourderie. J'ai pris involontairement un fauteuil qui...

Elle venait d'apercevoir le pendentif :

— Oh ! quel joli bijou... Vous l'avez acheté à Rio ?

— Oui, mentit Gilles avec aplomb, non sans admirer cette beauté à la peau café au lait, qui offrait une légère ressemblance avec l'apparition fugitive de l'hôtel. Je l'ai trouvé dans la grande joaillerie de la rua Barata Ribeiro, à Ipanema. Vous connaissez sûrement ?

— Bien sûr, confirma-t-elle avec dans ses yeux verts une lueur candide. Je peux ?

— Je vous en prie, s'empressa-t-il de répondre en lui présentant le bijou qu'elle caressa amoureusement.

A regret, la métisse finit par lâcher le pendentif. Elle renouvela ses excuses à ce Français fort séduisant, puis s'installa juste derrière le siège de Régine. Celle-ci ne tarda pas à revenir. Le journaliste vit l'expression de sa compagne se métamorphoser alors qu'elle le rejoignait. Elle battit des paupières.

— Eh bien, que t'arrive-t-il ?

— Ton... ton bijou ! expliqua la jeune femme, tendant le doigt vers le pendentif.

Dans le bloc de résine transparente, en surimpression sur la structure surréaliste, l'effigie de Iemanja avait changé. Son diadème scintillait, comme illuminé par de microscopiques ampoules électriques ! Gilles relevant les yeux fit la même constatation concernant celui de Régine, à peine voilé par son corsage :

— Le diadème de « ta » Iemanja brille également de tous ses feux, l'as-tu remarqué ?

Elle n'y avait pas pris garde et partagea sa surprise. Un détail lui revint à l'esprit :

— En allant aux toilettes, j'ai échangé des banalités avec une Carioca, une splendide métisse qui s'est extasiée devant mon pendentif et…

— Afin de l'admirer de plus près, elle l'a pris en main, c'est ça ? fit Gilles en baissant la voix.

— Oui… Pourquoi ce ton confidentiel ? chuchota Régine à son tour.

— Parce qu'apparemment, c'est la même qui a feint de se tromper de place et pris la tienne pour me faire le même numéro. J'ai prétendu avoir acheté ce bijou dans la grande joaillerie de la rua Barata Ribeiro, à Ipanema. Un double mensonge qu'elle a gobé illico, ignorant que cette rue de Copacabana — et non d'lpanema — n'a que des commerces courants et surtout pas une grande joaillerie.

— Où est-elle allée s'asseoir ?

— Juste derrière toi…

Régine Véran tourna la tête et rencontra… le regard bovin d'une respectable mémère qui la dévisagea. La jeune femme lui offrit un chaleureux sourire parfaitement hypocrite.

— Elle a bien vieilli, depuis tout à l'heure, ta Carioca ! Tu l'as vraiment vue, la bonne femme assise dans mon dos ? Non seulement elle n'est pas métisse, mais elle est aussi attirante qu'un bulldog, dont elle a d'ailleurs les bajoues !

A son tour, Gilles se retourna aussi discrètement que possible. Après avoir reçu l'éclair désapprobateur des yeux globuleux du « bulldog », il toussota et se renfonça dans son siège. Enfin, il appela l'une des charmantes hôtesses qui, fort heureusement, louvoyait à son niveau :

— *Se faz favor*[1]... Savez-vous où est allée la jolie métisse au tailleur lilas ? Il y a un instant, elle était assise derrière ma femme...

L'hôtesse effleura du regard la place indiquée, puis les autres sièges de la travée et demeura perplexe :

— Vous devez faire erreur, monsieur. Il n'y a jamais eu, derrière votre épouse, une dame correspondant à votre description. Au demeurant, je n'ai pas remarqué de tailleur lilas à bord. Mais je peux me tromper. Vous devriez faire un tour dans les travées, avant qu'on ne serve le dîner. Vous disposez d'un bon quart d'heure.

Gilles adopta cette suggestion, s'attardant davantage sur la gent féminine, sans enfreindre les règles de la bienséance, naturellement. Il hérita parfois en retour de l'œillade langoureuse d'une belle esseulée qui eût assurément étudié avec empressement toute proposition culturelle visant à l'initier à l'art des estampes japonaises, avant d'aborder le domaine — combien attachant — de l'anatomie comparée. L'une d'elles, à son approche, saisit rapidement son sac laissé sur le siège voisin et le plaça ostensiblement sur ses genoux, en remontant sa jupe de façon naturelle. Gilles Novak fit mine de n'avoir rien vu. Voyant le séduisant inconnu s'éloigner, la femme étouffa un soupir et se hâta de remettre son sac sur le siège libre en voyant s'avancer un bellâtre sûr de lui, gominé et promenant un regard faussement désabusé sur le cheptel ! Sans doute un champion de tango argentin en quête d'une douairière, argentine ou pas, mais argentée !

En regagnant sa place, Gilles effleura d'un baiser les lèvres de Régine et secoua la tête :

---

1. S'il vous plaît.

— Manifestement, la belle inconnue à laquelle nous avons parlé n'est pas ou plus parmi les passagers. Comme les hublots sont scellés, plaisanta-t-il, en conséquence, elle n'a pas pu, en se penchant, basculer dans l'Atlantique. Pourtant, sous prétexte d'admirer nos bijoux, elle les a bel et bien touchés, palpés...

— Et depuis, les minuscules «étoiles» du diadème de Iemanja se sont mises à scintiller, compléta la photographe.

Juste avant que le repas ne soit servi, Gilles et Régine reçurent simultanément ce message télépathique, en provenance du Vahoun Shorung-N'Taal à bord du *Nerkal,* le vaisseau amiral de l'Ordre Cosmique des Chevaliers de Lumière :

— *Gilles et Régine, ne vous tourmentez pas sur les motivations de cette inconnue. Elle se manifestera très certainement de nouveau. On ne remet pas à quelqu'un, sans raison, un microrégulateur de translations interdimensionnelles, appelé aussi intégrateur transcontinuum. Car c'est bien cela que dissimule ce bijou qu'elle vous a fait parvenir : un bijou indifféremment porté par un homme ou une femme et pouvant passer pour un hologramme.*

— Mais d'où viennent l'inconnue et son petit joujou, interrogea à son tour télépathiquement le banneret français. *Est-elle une amie ou une ennemie ?*

— *L'examen sommaire auquel j'ai précédé par visualisation ne m'a pas permis de découvrir l'origine de ces petits instruments camouflés en bijoux. Donc, vigilance... Hormis cela, je n'ai aucune consigne particulière à vous délivrer. R.A.S., tant à bord du* Nerkal *que parmi nos sœurs et fières du réseau Alpha*[1]. *Comme vous le savez*

1. Cf. SF Jimmy Guieu n° 107, *Réseau Alpha.*

sans doute, en France, Daniel Huguet achève une tournée de spectacles d'hypnose sur la côte Atlantique ; Monique Augeix a pris une semaine de vacances au cap d'Agde, à Héliopolis précisément, où elle a loué un studio chez votre amie "Geneviève Naturisme" ; Alain Le Kern écrit un livre sur les phénomènes de synchronicité ; quant à Gérard Ehret, il prend lui aussi des vacances avec les siens, en Alsace. Enfin, aux Etats-Unis, Jerry Fowler et Elisheva Kamenkova terminent eux aussi leurs vacances.

— Et toi, mon frère Shorung, tu t'amuses bien ? s'enquit mentalement le directeur de la revue *LEM.*

— Invités par notre vénérable maître commandeur Michel Merkavim, le vice-vénérable maître Kartz Hoolinngo et moi-même venons de passer une semaine inoubliable à Sophiapolis, cette cité extraordinaire d'un univers parallèle où se réfugièrent une grande partie des survivants français de l'Ordre du Temple, après la forfaiture de votre roi félon Philippe le Bel dit Le Pourceau, au XIIIe siècle[1].

— Au XIVe, mon frère Shorung, rectifia le journaliste.

— C'est vrai, tout augmente, m'aurait fait remarquer notre frère Huguet !

— Comme quoi, raisonna Régine, amusée, on peut être un Vahoun doué de prodigieux pouvoirs mentaux, avoir vu le jour sous le soleil de Cassiopée et être aussi doué du sens de l'humour !

— Je ne te le fais pas dire — ou plus précisément penser — ma sœur Régine ! émit psychiquement Shorung avec une bouffée de chaude sympathie. *Achevez paisiblement vos vacances, tous deux. Je ne reprendrai contact avec*

---

1. Cf. SF Jimmy Guieu n° 54, *L'Ordre vert.*

vous que dans huit jours, sauf si un impondérable surgissait et venait rompre la quiétude pré-estivale... Bon voyage de retour...

Le voyage fut excellent. L'arrivée à Paris, aussi. Ils purent sans problème récupérer, après la fatigue consécutive au changement de fuseau horaire. Gilles prépara le bouclage d'un nouveau numéro de sa revue, particulièrement consacré à l'ufologie brésilienne et agrémenté de superbes photographies de Régine.

Ce n'est que le lendemain que le train-train quotidien (auquel ils n'étaient plus habitués depuis longtemps !) fut de nouveau rompu. Une nouvelle fois, l'insolite fit irruption dans leur vie...

*

* *

Celui-ci se manifesta de façon fort anodine. Au départ, tout au moins. Dans le monceau de courrier remis par le concierge à leur arrivée, ils avaient trouvé une courte missive provenant de Saint-Cézaire, près de Grasse, où demeurait l'une de leurs amies, Joëlle Oldenbourg. A cette créatrice des parfums « Le Jardin de Nephtys », on devait des eaux de parfum originales, « ciblées » en fonction des signes astrologiques, reflets du ciel de naissance de chacun. Des eaux personnalisées élaborées en tenant compte des correspondances traditionnelles subtiles entre parfum, couleur, signe, planète et règne minéral. Le fruit de cette alchimie délicate avait donné les lignes féminine *Nephtys*, masculines *Nephtarès* et *Hamsa*, favorisant la méditation et la relaxation.

Concise, la missive de Joëlle Oldenbourg comportait

seulement ces quelques lignes : « Chers vous deux, je serai à Paris le 16 juin au matin et passerai vous remettre un cadeau de la part d'une personne fort étrange. Si vous êtes absents, je laisserai le paquet au concierge. A bientôt. Je vous embrasse. Joëlle. »

Après la signature, ce P-S : « Ce colis contiendra différents flaconnages destinés aussi à vos amis. Il est capital qu'ils leur parviennent avant le solstice d'été, plus exactement la nuit de la Saint-Jean, le 24 juin. »

Le 16 juin au matin, donc, la brune et mince Joëlle Oldenbourg, en robe blanc cassé au décolleté généreux, afficha son plus beau sourire lorsque Régine vint lui ouvrir. Elles échangèrent de chaudes embrassades, tandis que Gilles déposait sur le tapis en haute laine le colis soigneusement ficelé. De la cuisine, il rapporta ensuite un seau à glace duquel dépassait le goulot d'une bouteille de champagne Taittinger Brut Réserve.

— Tu es resplendissante, Joëlle ! la complimenta Régine.

A l'aide d'un coupe-papier, elle trancha la cordelette et retira du paquet des flacons de parfum *Nephtys* en boîte bleue et *Nephtarès* en boîte crème, répartis en coffrets de quatre.

— Ton petit mot, peu explicite, nous a passablement intrigués. Tu parlais d'une étrange personne à qui nous devrions de recevoir un cadeau de parfums à partager avec plusieurs de nos amis ?

— Voilà comment les choses se sont passées. La semaine dernière, une dame m'a téléphoné. Elle me commanda ces coffrets en m'annonçant qu'elle viendrait les régler le lendemain, à dix heures. Ponctuellement, à dix heures pile, j'ai vu arriver une grande et belle métisse aux longs cheveux bruns... J'ignore par quel miracle, elle savait que je monterais à Paris aujourd'hui. Toujours est-il qu'elle était au courant et elle me demanda donc de vous livrer « personnellement » ce paquet. J'ai accepté, pour l'excellente raison que vous êtes mes amis, non sans lui dire que d'ordinaire, c'est un transporteur qui effectue ce travail.

« L'inconnue eut un sourire ironique, plus exactement amusé, pour m'annoncer à peu près :

« Maintenant que nous sommes d'accord, je dois vous avouer que je n'ai pas d'argent. Du moins, pas de devises françaises, mais rassurez-vous, je vais vous régler cette commande et vous dédommager... » Et la brune mystérieuse me donna ceci, poursuivit Joëlle en pêchant dans son sac un sachet de cuir qu'elle ouvrit pour faire rouler dans le creux de sa main une petite émeraude.

« Je l'ai faite expertiser. Le joaillier de Nice que j'ai consulté m'en a offert cinq mille francs ! Elle est toute petite, mais son eau est pure.

— Voilà une étrange affaire, fit Régine.

— Oh, mais attendez, le plus étrange n'est pas là. Ayant accepté le marché, j'ai proposé une tasse de thé à cette cliente assez spéciale, et nous nous sommes installées dans le jardin. J'ai demandé à l'employée de maison de nous photographier avec le Polaroïd et voilà ce que cela a donné...

Joëlle Oldenbourg puisa de nouveau dans son sac et exhiba un cliché carré la montrant, assise à une table de jardin recouverte d'une nappe beige, avec théière, sucrier, deux tasses et un cendrier où se consumaient deux cigarettes. Elle souriait, faisant mine de parler manifestement à quelqu'un assis sur le siège voisin... seulement celui-ci était vide.

— Avant même que ce cliché ait eu le temps de sortir de l'appareil et de se développer — vous savez qu'il faut à peine une minute —, ma cliente, son thé achevé, prit congé en prétextant un autre rendez-vous et s'éclipsa rapidement.

Quand je suis revenue près de la table pour regarder l'épreuve, j'ai été sidérée : comme vous le voyez, la belle inconnue n'y figurait pas ! Comme si elle n'avait jamais existé ! Bah, vous... vous ne me croyez pas, je suppose ?

Gilles la détrompa :

— Au contraire, Joëlle. Et nous te croyons d'autant mieux que cette très belle brune aux longs cheveux, nous l'avons rencontrée deux fois à Rio : d'abord vêtue d'une sorte de tunique blanche translucide avec, par-dessus, une légère cape bleue ; et la seconde fois, dans l'avion, elle portait un tailleur lilas, mais son visage était un peu différent...

Soufflée, Joëlle opina, incrédule :

— Un tailleur lilas, c'est bien ça ! Un fantôme ! Un même fantôme, une même entité qui nous a visités, vous au Brésil, moi à Grasse, sur la Côte d'Azur ! Et... Et pourtant, nous nous sommes serrés la main, avons pris le thé ensemble et l'émeraude qu'elle m'a laissée ne s'est pas évaporée !

— Pas plus que ne se sont évaporés ces pendentifs qu'elle nous a remis, dit Gilles en lui montrant les bijoux qu'ils conservaient autour du cou sous l'œil admiratif de Joëlle.

— Mais ces parfums, s'enquit Régine, t'a-t-elle dit pourquoi elle voulait nous les offrir ?

— Ah oui. Juste avant de me quitter, ces dernières paroles furent : « Gilles et ses amis, dont je vous ai donné la liste avec noms, dates et heures de naissance, feront bon usage de vos parfums, car ceux-ci sont en parfaite harmonie vibratoire avec eux. Surtout lorsqu'ils accompliront certaines tâches... spécifiques. » Au mot près, c'est ce qu'elle m'a chargé de vous dire, en précisant que vous comprendriez le pourquoi du comment !

Ils comprenaient. Ou croyaient comprendre qu'un lien existerait bientôt entre ces parfums *Nephtys* et *Nephtarès* et leurs recherches ésotériques... ou encore, avec une mission à accomplir sous la bannière des Chevaliers de Lumière.

CHAPITRE II

A la sortie nord de la Loge-aux-Chèvres (Aube), minuscule bourg de la forêt d'Orient, et à l'entrée de la route forestière du Temple, Ward Slender avait confortablement aménagé une maison de trois étages dont lui et Brigitte Valcourt, sa compagne, occupaient le premier. Le second étage était habité par Bernard Lachenal et son épouse Maryse.

Personne n'ignorait que ces hommes, fort estimés dans la région, s'adonnaient à des recherches entomologiques, ornithologiques et botaniques dans cet immense biotope et écosystème. Membres actifs de l'Association des amis du parc naturel régional de la forêt d'Orient, ils publiaient parfois des articles dans le Courrier, l'intéressant bulletin trimestriel de ladite association[1]. Au gré de leurs pérégrinations, Ward Slender — d'origine américaine — et Bernard Lachenal ne manquaient jamais de faire une petite halte à la Maison du Parc, soit pour bavarder un instant avec le président, soit pour s'approvisionner en brochures et autocollants destinés à leurs relations et connaissances.

1. Siège : Maison du Parc, 10 220 PINEY.

Car ces deux chercheurs comptaient parmi les plus fidèles propagandistes et supporters de cette association œuvrant pour la promotion et la défense de ce site — aussi essentiel historiquement qu'écologiquement —, de sa faune et de sa flore.

Entomologistes, botanistes, ornithologues, ils étaient tout cela ; leurs articles très spécialisés et documentés l'attestaient .. des textes rédigés en réalité par d'authentiques spécialistes des insectes, de la flore et des oiseaux ! Car, en fait d'oiseaux, les deux nôtres, nos deux amoureux de la nature et de la forêt d'Orient auraient eu bien des difficultés pour discourir sur les coléoptères, les papillons, les tritons, les champignons ou les diverses essences de la forêt !

Il est vrai que la CIA pour Ward Slender et la DGSE pour Bernard Lachenal ne leur demandaient pas de devenir des spécialistes confirmés dans ces disciplines ; il leur suffisait d'être ce qu'ils étaient vraiment — en dehors de cette couverture — à savoir de bons ingénieurs électroniciens, capables d'exploiter les installations de détection occupant le troisième et dernier étage de leur maison de la Loge-aux-Chèvres. Car ces agents de renseignements, opérant en tandem depuis des années, travaillaient côte à côte avec la bénédiction de leur gouvernement respectif... qui n'aurait sûrement pas autant apprécié, en revanche, leur récente appartenance au Réseau Alpha de l'Ordre Cosmique des Chevaliers de Lumière[1] !

En permanence, où qu'ils aient pu se trouver dans les bois, ils restaient reliés à leur laboratoire de détection par un mini-émetteur-récepteur. Ainsi Slender et Lachenal

1. Cf. SF Jimmy Guieu n° 112, *Les sentiers invisibles.*

pouvaient être immédiatement avertis du déclenchement de l'un des nombreux « détecteurs d'ébranlement de structure du continuum » qu'ils avaient disséminés dans le vaste parc naturel. Et en leur absence, leurs compagnes étaient en mesure de vérifier les signaux reçus et de noter ainsi que, dans un rayon de vingt-cinq kilomètres à partir du village, une porte transdimensionnelle s'était ouverte sur un sentier invisible. Ils savaient — et leur gouvernement également qui les avaient envoyés — que pour un temps indéterminé, un sas immatériel faisait parfois communiquer cette région avec un monde des univers parallèles.

Et c'est justement ce qui venait de se produire !

*
* *

En ce mois de juin, chaud et sec, le parc d'attractions de *Nigloland,* au village de Dolancourt — « marches » de l'est de la fameuse forêt d'Orient chère à l'ordre du Temple — connaissait une affluence qui ne se démentirait plus jusqu'à l'automne. Parents et enfants, adolescents et couples aspirant au dépaysement s'y rendaient en grand nombre dès les premiers beaux jours. Ce matin-là, le parking prévu pour accueillir deux mille voitures ne tarderait pas à être complet.

Par-dessus la musique et les flonflons, on entendait, ici et là, des éclats de rire, des cris, des exclamations amusées chez ceux qui, dans les wagonnets du *Bayern Express*, dévalaient les pentes d'un Grand Huit enjambant la rivière. D'autres préféraient *Die Wikinger* et connaissaient des émotions fortes sur ce bateau à bascule, avant de s'aventurer à travers le « Château hanté » ou la « Jungle » conduisant au village indien. Les plus petits pouvaient y accéder — cow-boys en herbe — à dos de poney !

Débouchant de la départementale 14 à vive allure, une Renault 21 faillit rater le virage. Elle s'engouffra sans presque ralentir sur le parking, évita de justesse le premier véhicule d'une rangée avant de stopper en dérapant sur le gravier. Un couple en jaillit, lui en bras de chemise, la trentaine, elle, à peine plus jeune et en robe bleue légère. Visiblement affolés, tous deux se ruèrent vers l'entrée en brandissant leur ticket agrafé à « l'extrait du règlement que tout visiteur est tenu de conserver sur lui ».

— Où peut-on téléphoner ? s'enquit l'homme auprès de la caissière. Vite !

— Devant le bassin « Féerie des Eaux », près de la gare *Nigloland.* C'est pas loin de…

— Merci ! Nous avons repéré le bassin, ce matin, en emmenant nos enfants.

Le couple s'apprêtait à courir vers les cabines lorsque Patrice Gélis, qui avec son frère Philippe dirigeait ce complexe de loisirs, s'approcha, intrigué par le comportement surexcité du couple. Il se présenta avant de s'informer :

— Un accident près du village ?

— Oui… Euh, non… je ne sais pas, mais nous voudrions téléphoner à la gendarmerie… Si tant est que ce que nous avons découvert, dans la forêt du Temple, soit de son ressort !

Patrice Gélis regarda par-dessus l'épaule de son interlocuteur et fit un geste du bras en appelant :

— Monsieur Avenol !

Et d'indiquer l'interpellé au couple anxieux :

— M. Avenol est le maire du village. Vous lui expliquerez ce que…

Michel Avenol, lui aussi en bras de chemise, cheveux courts, lunettes, vint les rejoindre.

— Oui ? De quoi s'agit-il ? demanda l'édile.

— Quelque chose d'étrange dans la forêt du Temple, précisa Patrice Gélis. Ces personnes aimeraient contacter la gendarmerie. Mais peut-être pouvez-vous les aider tout de suite et aviser ensuite.

— Absolument. La mairie est à trente mètres, ce sera plus court que d'aller trouver une cabine dans le parc. Venez et donnez-moi quelques précisions. Qu'avez-vous vu dans la forêt magique ?

— Nous avons laissé nos deux enfants à *Nigloland* avec des amis, commença l'homme. Nous voulions faire un tour dans la forêt d'Orient, plus exactement dans cette partie de la forêt appelée forêt du Temple, à une dizaine de kilomètres d'ici. Et là, au croisement de trois sentiers, nous avons trouvé… euh…

— Un templier ? Une fée ? Plus simplement un paysan conduisant une fantomatique carriole ? proposa le maire avec un sourire bienveillant et engageant.

— Fée, je l'ignore. Mais en tout cas une femme, compléta la jeune visiteuse.

— Blessée ? demanda Michel Avenol.

— Il ne semble pas, répondit l'époux. Aucune blessure n'était apparente. Endormie, plutôt.

Michel Avenol ébaucha un sourire :

— Vous savez, il n'est pas interdit de dormir en forêt, même en plein jour. Cela arrive plus souvent qu'on ne le croit, avec des vacanciers fatigués par une longue promenade. Mais en quoi cette… dormeuse vous a-t-elle inquiétés ?

— Eh bien, je ne sais pas. Comment vous dire… Son sommeil n'avait pas l'air naturel.

— Il y avait quelque chose… d'étrange, confirma la jeune femme.

— Alors, tout doucement nous avons essayé de l'appeler. Puis de plus en plus fort. Elle… Elle n'a pas répondu à nos appels.

— Nous avons même fini par crier, sans résultat, expliqua la touriste.

— Dans ce cas, il fallait la secouer, la réveiller de force, au besoin.

— C'est que… Nous n'avons pas pu, fit l'homme.

— C'est ça, la chose… étrange de l'affaire.

— S'était-elle endormie au faîte d'un arbre ? plaisanta le maire de Dolancourt.

— Non, et c'est ça qui est le plus dur à avaler, Monsieur le maire, je n'ose même pas vous raconter… Vous ne nous croirez jamais.

— Mais si, je vous assure, je connais ma forêt et ses mystères.

— Eh bien, elle n'était sur rien ! En suspension quoi, comme un tour de magie. Alors pas tellement rassurés, nous avons cru préférable de téléphoner aux gendarmes et nous sommes revenus en hâte.

Intrigué, Michel Avenol n'eut qu'une brève hésitation :

— Ne dérangeons pas les gendarmes pour l'instant si nous pouvons l'éviter. Venez et montrez-moi plutôt l'endroit où vous avez vu cette… ce phénomène. Ensuite, nous aviserons.

Une heure plus tard, profondément troublé, le maire alertait finalement la gendarmerie et tentait aussi de joindre — en vain — son vieux camarade de lycée, Gilles

Novak, avec lequel, en décembre dernier, il avait vécu une singulière expérience, en présence des journalistes Ronnie G. Martin et son épouse Lise, du quotidien aubois *L'Est Eclair*[1]. Eux aussi furent prévenus, ainsi que leurs confrères de *Libération Champagne*, sans oublier les radios et les télévisions.

Le même jour, dans sa dernière édition, *France-Soir* ainsi que les journaux télévisés révélaient photos à l'appui l'étonnante découverte en forêt d'Orient, d'une « Belle au bois dormant » !

*

* *

Malgré l'échec de la tentative du maire de Dolancourt, Gilles Novak ne tarda pas à être informé. Prévenu par Ward Slender, rapidement sur les lieux, le Vahoun Shorung-N'Taal, à bord du *Nerkal*, avisa le directeur de *LEM* et établit ensuite le contact télépathique avec la plupart des membres du Commando Alpha des Chevaliers de Lumière disséminés en France : Daniel Huguet sur la côte Atlantique, Gérard Ehret en Alsace, Alain Le Kern à Marseille, Monique Augeix au cap d'Agde, chez « Geneviève Naturisme ». Le couple Jerry Fowler-Elisheva Kamenkova, lui, fut contacté à Ashland, dans le Kentucky, où l'industriel américain avait conduit sa compagne, ravie de passer une semaine auprès des parents de l'homme qu'elle aimait et qui l'avait arrachée au sinistre goulag de Kandalakcha[2].

Dans l'heure qui suivit, téléportés à bord de l'aviso

---

1. *Les sentiers invisibles*, op. cit.
2. Cf. SF Jimmy Guieu, n° 101, *Narkoum, Finances rouges*.

CDL 9, sous champ d'invisibilité à la verticale de Paris, les membres du Commando Alpha se retrouvaient avec une joie partagée. Seule l'artiste-peintre toulousaine devait faire ce reproche au Cassiopéen en échangeant avec lui l'accolade fraternelle :

— Avec ta hâte à nous dématérialiser n'importe où pour nous rematérialiser à bord, tu as failli me faire disparaître sous les yeux d'un groupe de naturistes avec lesquels je prenais un bain de soleil.

— Excuse-moi, sœur Monique, répondit le Vahoun, pince-sans-rire. J'ignorais qu'à neuf heures du soir, on prenait encore des bains de soleil, dans le midi.

— Enfin, c'était le soleil couchant, concéda-t-elle, avant de rire et d'avouer avec franchise ; d'accord, il faisait pratiquement nuit, je n'étais plus sur la plage mais dans le petit studio que j'avais loué et je faisais mes adieux à... Et puis, ça ne vous regarde pas, fit-elle à la ronde, mais il était formidable sous tous rapports !

— Les confidences et les souvenirs de vacances, ce sera pour plus tard, décréta Gilles Novak. Laissons notre frère Shorung nous expliquer exactement la situation, avant d'arrêter un plan d'action.

*
* *

Malgré l'heure tardive, une bonne centaine de personnes, pour la plupart des vacanciers, s'était précipitée dans la forêt du Temple. Ils faisaient cercle à une cinquantaine de mètres autour d'un carrefour de sentiers, à l'extrémité nord-est de la « Ligne des Fées ». Tendu entre les arbres, un cordon, simple ruban de plastique à larges raies blanches et rouges, les maintenaient à distance de l'objet de leur curiosité. A l'intérieur du périmètre délimité par la bande bicolore, cinq gendarmes dont un brigadier muni d'un talkie-walkie, s'occupaient à empêcher les curieux de s'approcher pour permettre aux professionnels de faire leur travail.

Privilégiés, les journalistes, photographes, chroniqueurs radio et cameramen des principales télévisions européennes, avaient été admis entre les spectateurs et la maréchaussée, gardienne du « prodige ». Parmi les représentants des médias figuraient Ronnie G. Martin et Lise, son épouse. Ils avaient échangé un signe amical avec deux couples : les Slender et les Lachenal, ces sympathiques chercheurs qui consacraient leur vie à l'étude de la faune et de la flore forestières…

Un projecteur sur le toit de l'un des véhicules de gendarmerie éclairait le cœur du carrefour. C'est là, dans le faisceau lumineux, que se trouvait la « chose » impensable, inimaginable, voire choquante pour la raison des âmes « raisonnables » : une « Belle au bois dormant » qui, depuis qu'on l'avait découverte le matin-même, n'avait pas bougé d'un pouce !

Et belle, elle l'était, dans sa tunique blanche. Son délicat visage semblait figé dans le sommeil, ses seins magnifiques se soulevaient et s'abaissaient régulièrement sous le tissu quasi translucide de son léger vêtement, attestant que l'inconnue était bien vivante. Un ruban vert enserrait sa tête, orné d'un rubis étincelant au milieu du front. De petite taille — elle ne devait pas dépasser un mètre cinquante — la mystérieuse créature possédait de longs cheveux blonds qui retombaient sur ses épaules et sur… le vide ! Car, chacun pouvait aisément s'en convaincre, la

« Belle au bois dormant » — surnom poétique adopté d'emblée par les médias — flottait, rigoureusement immobile, allongée à un mètre au-dessus de l'humus de la forêt !

De nouveaux phares trouèrent la nuit. Une voiture approchait, cahotant sur « la Ligne des Fées ». Les lumières balayèrent les badauds tenus à l'écart. Le véhicule de gendarmerie stoppa à leur hauteur et un petit monsieur au pantalon tire-bouchonné, au veston trop long, à la barbiche aussi désuète que ses besicles, en sortit, accompagné de deux gendarmes. A grand renfort de gestes et de « Place, place, laissez passer ! » lancés d'une voix de crécelle, il écarta les vacanciers qui le dévisagèrent, surpris. Pour beaucoup, ce ton autoritaire, cette attitude suffisante, ne pouvait naturellement qu'émaner d'un officiel. Peut-être un élu ou un chargé de mission de l'Elysée. Les journalistes portèrent immédiatement leur attention, cela se conçoit, sur ce vieux monsieur hautain et fort agité, avec un visage qui avait l'air d'avoir été écrasé. Sa mâchoire animée de tics dérapant vers la gauche, il clignait des yeux derrière ses lunettes sous l'éclat des flashes et des torches des caméras vidéo — et pourtant, grand habitué des médias, les caméras, il connaissait ça.

— C'est Albert Fouettard ! chuchota un radio-reporter en fourbissant son micro pour aller l'interviewer.

— Le professeur Albert Fouettard ? demanda un autre journaliste. Le spécialiste du tintamarre journalistique ?

Le premier journaliste se tourna vivement vers son collègue iconoclaste avec un lourd regard de reproches. Car le nouveau venu était bien l'illustre savant biologiste récemment décoré par l'« Union des rationalistes infaillibles » pour sa brillante soutenance de thèse intitulée : « De l'humeur primesautière des cafards de cuisine

— *Blatta orientalis* ou *Blatta germanica* — à la saison des amours ». Jamais en reste pour épouser n'importe quelle cause, du moment qu'elle lui permettait de bien se placer devant les caméras, et de faire valoir la cause de la raison triomphante.

— Monsieur le professeur ! Quelques mots pour nos auditeurs..., demanda le radio-reporter.

D'autres plumitifs bon teint prirent la suite :

— Professeur, quel est le truquage ?

— Monsieur Fouettard, peut-on vraiment parler de « Belle au bois dormant » devant ce singulier phénomène ?

— Est-ce une créature extra-terrestre ?

— La vérité est ailleurs ! hurla un petit plaisantin.

Pressé par les uns, bousculé par les autres, mais flatté de l'intérêt qu'il suscitait, Albert Fouettard, ce moderne Pic de la Mirandole endigua ces questions, pas assez scientifiques, à son goût pour déclarer avec emphase :

— Voyons, voyons, mesdames, messieurs, soyez sérieux et ne parlez plus de « Belle au bois dormant ». Nous avons, n'est-ce pas, dépassé l'âge des contes de fées, du Père Noël et du marchand de sable pour nous endormir ! Je suis... enfin, je veux dire : nous sommes intelligents et notre devoir est de clamer : Non ! Irrévocablement, non, toutes ces fadaises n'existent pas ! En revanche, il existe d'habiles truqueurs, des illusionnistes et autres pseudo-magiciens ! Je consacre ma vie à démasquer ces mystificateurs et j'aurai vite fait de débusquer ces plaisantins-là.

— Vous... auriez ce courage, professeur ? s'inquiéta une petite boulotte, elle aussi affligée de tics de la mâchoire qui la rendirent immédiatement suspecte aux yeux du savantissime peu éloigné de penser qu'elle singeait ses grimaces.

— Nous ne sommes pas seuls ! hurla de nouveau le plaisantin.

— Ridicule, répliqua le docte savant avec un haussement d'épaules.

Il leva haut le menton, écarta du geste les béotiens et passa sous le cordon qui les maintenait à l'écart. D'une démarche décidée, de plus en plus rapide, il avança vers l'impossible phénomène, vers cette belle jeune femme endormie, en état de lévitation… Le diplômé de « l'Union des rationalistes infaillibles » poussa soudain un cri de surprise, parut rebondir sur un invisible obstacle et se retrouva le derrière par terre ! Au silence de mort qui avait accompagné sa triomphale marche en avant succédaient à présent des rires étouffés, et bientôt une explosion d'hilarité générale.

Le professeur Albert Fouettard se releva, épousseta son fond de culotte, foudroya du regard la foule irrévérencieuse et se mit à trépigner, criant à la cantonade :

— Ça vous amuse, hein ? Vous savez qu'en vous moquant de moi, c'est la Science que vous raillez. Et vous, les gendarmes, au lieu de rester plantés là, vous feriez mieux de me verbaliser ces sots, puis de rechercher qui a tendu ainsi ces fils de nylon contre lesquels j'ai buté ! Et si vous trouvez les coupables, vous tiendrez sans nul doute aussi les auteurs de cette farce stupide qui consiste à suspendre ce mannequin à des fils de nylon, invisibles, la nuit !

*

* *

Arrivé une minute plus tôt au-dessus de la forêt du Temple, le *CDL 9*, en état d'invisibilité, plafonnait au point fixe à la verticale de l'attroupement. A son bord, les membres du Commando Alpha échangeaient des regards incrédules après avoir capté les paroles de ce notoire personnage aussi « savant » qu'acariâtre.

— Il est vraiment con ou il le fait exprès ? interrogea Daniel Huguet, avec son franc-parler.

— Non, il n'a pas à se forcer, il a toujours été comme ça, le renseigna Gilles. Je connais bien un de ses cousins, Jean-Claude, qui m'a dit qu'il avait toujours été la honte de sa famille. Nier l'évidence est une de ses spécialités.

— Il n'est hélas pas le seul « scientifique » dans ce cas, intervint Alain Le Kern.

Devant le tableau de commandes, Shorung-N'Taal actionna le zoom du télévisionneur direct pour amener sur l'écran un gros plan du visage de « la Belle au bois dormant ».

— Eh ! s'exclama Monique Augeix. Mais c'est Doorlinya, la princesse de Magonia[1] !

Tous s'étaient approchés de la console — Daniel Huguet en premier — et scrutaient l'agrandissement du beau visage de la jeune princesse issue du « Petit Peuple », le « Peuple Fée » ; une souveraine sans complexe ni orgueil, devenue leur amie au gré des dramatiques aventures vécues sur ces lieux-mêmes, dans la forêt du Temple, et au-delà, en cet autre univers où les avaient conduits les « sentiers invisibles ».

Daniel Huguet demeurait bouche bée ; il s'agissait indéniablement de cet adorable « petit bout de femme » qu'il avait bien connue, bibliquement parlant ! Cette femme-fée

1. *Les sentiers invisibles*, op. cit.

dont le père, Alboerick le Sage présidait, avec bonté et équité, aux destinées du royaume de Magonia.

En sustentation antigravitique, protégée par un champ énergétique interdisant à quiconque de l'approcher — les « fils de nylon » qui avaient barré la route au père Fouettard —, Doorlinya, pour une raison inexpliquée, demeurait inconsciente. Daniel allait interroger le Cassiopéen lorsque celui-ci rompit le silence :

— Je tente de sonder le psychisme de cette jeune personne. Elle vient juste de recommencer à agiter des pensées. Jusque-là, elle demeurait « fermée » à mon approche, ses zones mémorielles rendues inaccessibles à mon introspection par une barrière mentale… bizarre, mais très efficace.

Le géomancien-analyste, préoccupé, questionna :

— La même chose pour ses niveaux profonds de conscience ?

— Même chose, Alain. La seule pensée qui surnage depuis un moment concerne notre frère Huguet.

— Moi ?

— Oui. Les pensées de Doorlinya ne sont pas cohérentes, comme à l'état de veille, mais ton image est présente et j'ai la sensation qu'elle t'appelle, avec en « fond » une angoisse larvée.

Songeur, Gilles Novak fit quelques pas dans l'habitacle. Puis son esprit, ouvert aux arcanes de l'ésotérisme, élabora une idée, saugrenue en apparence, quoi que… Il reporta alors son attention sur l'hypnotiseur.

*

* *

Maintenue à distance par le frêle ruban de plastique, la foule des curieux était toujours aussi dense, « en bas », autour du carrefour de sentiers. Au centre, parmi les gendarmes et les représentants des médias, le professeur Albert Fouettard continuait de pérorer, soutenant *mordicus* et contre toute évidence que tout cela n'était pas possible, que personne ne pouvait tenir « comme ça », par l'opération du Saint-Esprit, sans bouger, allongé à un mètre au-dessus du sol.

— Si ce n'est le Saint-Esprit, peut-être est-ce le diable, suggéra une femme.

Albert Fouettard ne daigna pas répondre à cette intervention si peu « scientifique » et se contenta de maugréer dans sa barbiche.

En revanche, lorsque timidement, un reporter émit l'hypothèse « fantaisiste » d'un phénomène d'antigravitation, dû peut-être à une distorsion du champ magnétique local, le malheureux dut bientôt rentrer la tête dans les épaules, accablé de critiques acerbes de la part de l'illustre savant peu indulgent à l'endroit des « pseudo-scientifiques » (autrement dit ceux qui n'appartenaient pas à la caste universitaire, dûment estampillés par leurs pairs).

Prudent, un autre journaliste suggéra au professeur (avec les précautions oratoires d'usage) soit de ramper, soit de progresser à quatre pattes vers le « mannequin » afin de passer « sous les fils de nylon traîtreusement tendus ». Que risquait-il, lui qui avait fait preuve de tant de courage en s'avançant d'une allure martiale vers la « Belle au bois dormant » ?

Cette dernière expression hérétique, antiscientifique, antirationnelle déclencha la fureur du savant, mais une autre chose, tout aussi impensable et antiscientifique, vint neutraliser ses éructations dans sa gorge : surgie du néant, une grosse tomate se mit à tournoyer lentement autour de lui !

Les badauds se taisaient, conscients de vivre des minutes d'autant plus historiques que nul n'aurait su expliquer ce nouveau phénomène !

La rédactrice de *La Champagne catholique* tomba à genoux, cria au miracle et, d'une voix hennissante, lança un fanatique hosanna, déçue que l'assistance ne le reprenne point en chœur. En revanche, tous les chiens du voisinage hurlèrent à la mort !

Sous les yeux écarquillés des témoins, alors que toute parole était suspendue, le divin miracle se poursuivit : la tomate s'éleva d'un mètre ou deux, tout en s'écartant un peu, suivie des yeux par tout un chacun, et elle s'immobilisa… tandis qu'une seconde tomate, plus grosse et plus mûre, se matérialisait et venait, traîtreusement, cette fois, s'écraser sur la face d'Albert Fouettard, le spécialiste des cafards en rut.

Libérée, la foule parut exploser, secouée de rires, et nul ne vit se matérialiser à l'intérieur du périmètre de sécurité Daniel Huguet, en jean et débardeur, accroupi. Il se redressa lentement.

Les gendarmes entouraient le savantissime. Le brigadier l'aidait à s'essuyer le visage avec un mouchoir guère moins grand qu'une nappe de table. Il sursauta en entendant l'objet de ses soins hurler de plus belle : l'obligeant pandore avait tout simplement oublié que le savant portait des besicles, et sa friction énergique avait failli les lui faire avaler. Et tout cela, naturellement, devant les caméras vidéo et sous les flashes des journalistes !

L'un des gendarmes s'avisa soudain de cet homme qui,

sifflotant, mains dans les poches, se dirigeait tranquillement vers la mystérieuse « inconnue » flottant au cœur de la forêt du Temple :

— Eh, vous ! Où croyez-vous aller de ce pas ?

— Voir la Belle au bois dormant.

— Mais qui êtes-vous ?

— Ben, le Prince Charmant bien sûr.

Tout cela dit avec beaucoup de déférence, sans vouloir offenser la maréchaussée, mais tout en continuant sa marche décidée. « Au-dessus », les membres du Commando Alpha, qui ne perdaient rien de la scène, étaient hilares.

— Eh ! Arrêtez, n'allez pas plus loin ! continua le représentant des forces de l'ordre. C'est défendu de...

— Voyons, Monsieur le gendarme, vous voyez bien que je ne suis pas armé ! Je ne ferai pas de mal à cette jeune personne.

— Vos papiers !

— Excusez-moi, ils sont dans mon véhicule.

Le militaire hésita, puis intima :

— Allez les chercher...

— Dans une minute, Monsieur le gendarme...

Si Daniel Huguet ne rencontra pas l'obstacle invisible qu'avait heurté le professeur-spécialiste des ébats des cancrelats, les deux gendarmes qui se précipitaient pour l'appréhender eurent moins de chance. Ils s'écroulèrent lamentablement comme le savant, victime de la barrière invisible. L'hypnotiseur était parvenu près de son amie fée. Il se pencha sur la jeune femme blonde pour lui donner un long baiser... Tout comme dans le conte de fées, la Belle ouvrit enfin les yeux, cilla une ou deux fois à cause de la puissance des projecteurs braqués sur elle, exhala un profond soupir et entoura de ses bras nus le torse de son Prince Charmant. Celui-ci l'aida à s'asseoir… sur l'invisible champ de sustentation, puis à prendre pied sur le sol.

Dans l'assistance médusée, on eût pu entendre penser un ultra-rationaliste…

— Et pourtant, elle vit, souffla un journaliste à Albert Fouettard.

— Impossible ! Mystification ! Trahison ! Imposture ! Arrêtez-moi ces deux truqueurs ! hurla le professeur au brigadier. Des fils, je vous dis, des fils, tout est truqué.

La foule s'anima soudain, applaudit, cria sa joie, son admiration, tandis que Daniel et Doorlinya, enlacés, s'avançaient en souriant, mitraillés par les flashes. Le gendarme, embarrassé — un peu vexé aussi — les interpella :

— Monsieur ! Mademoiselle ! Attendez ! Vous ne pouvez pas partir comme ça.

— Non, non, rassurez-vous, Monsieur le gendarme, ironisa Huguet, nous ne partons pas « comme ça ». Nous allons prendre ma voiture, là, sur le chemin…

Il désignait l'un des sentiers — celui de la Ligne des Fées — où Shorung-N'Taal avait téléporté sa CX 25 RI. Les journalistes se ruaient vers lui, brandissant micros, appareils photo, zoomant avec les caméras, abreuvant le couple de questions.

— Comment avez-vous fait ?

— Qui êtes-vous vraiment ?

— Pourquoi l'avez-vous embrassée ? Saviez-vous que vous alliez la réveiller ainsi ?

— Vous connaissiez cette jeune fille ?

Soudain, un journaliste de la presse écrite plus perspicace s'écria :

— Vous êtes Daniel Huguet, l'hypnotiseur. J'ai assisté à l'un de vos spectacles. Comment expliquez-vous votre présence ici, en pleine nuit ? Dans ces circonstances ? Est-ce que cela ne donne pas raison au professeur Fouettard ? N'y a-t-il pas un truc ?

Daniel agita les mains pour mettre un terme à ces interrogations en rafales :

— Ecoutez, c'est très simple : je suis venu me reposer à Dolancourt pour quelques jours. Et en vacances, j'emporte toujours des bouquins intellectuels pour lire le soir. Ce soir précisément, je lisais *La Belle au bois dormant*. Quand j'ai entendu à la radio qu'il y en avait une… dans la forêt du Temple, je m'y suis rendu en hâte…

Il désigna d'un mouvement du menton l'affluence autour d'eux : … comme tous ces gens. Vous vous rappelez ce conte de fées, je suppose ? Une belle princesse victime d'un sortilège dormait depuis des lustres dans un bois et…

— Sornettes ! Mensonges ! glapit l'illustre scientiste, le visage encore partiellement maculé de rouge, avançant en gesticulant vers eux. Mensonges et truquage scanda…

Il avala la dernière syllabe, avec une nouvelle tomate qui, plus petite que la précédente mais surgie du même néant, implosa cette fois dans sa bouche grande ouverte.

Après un discret coup d'œil à Ronnie et Lise Martin, Daniel Huguet, imperturbable, continua :

— Le prince-héros du conte de fées avait réveillé d'un baiser la belle endormie. J'ai tenté le coup, et ça a marché, fit-il en prenant la main de Doorlinya pour la montrer à la foule. J'ai joué les princes charmants-charmeurs et mon charme a fait merveille ! Mais à défaut d'emporter l'héroïne sur un blanc destrier, je l'embarque dans ma voiture ! C'est le progrès que voulez-vous. C'est plus moderne et le conte finit aussi bien.

Il baisa la main de Doorlinya et l'aida à s'installer sur le siège avant pour ensuite se mettre au volant. Mais déjà, Albert Fouettard, accompagné des gendarmes, revenait à la charge en achevant une déglutition pénible, le menton et la chemise encore maculés de tomate :

— Imposture ! J'ai entendu le journaliste qui vous a identifié : vous êtes un hypnotiseur !

Et en trépignant comme un gamin capricieux, il prit à témoin les gendarmes, répétant :

— Un hypnotiseur, avez-vous entendu ? Je le savais. Arrêtez-le ! Verbalisez ! Il nous a tous hypnotisés ! Il n'y a jamais eu de latonvité... pardon, de lévitation ! Pas de Belle au bois dormant ! C'est un... un escroc ! Y a un truc ! Y a sûrement un truc ! Et puis, verbalisez, verbalisez, y a outrage à gendarme et...

Bloufff !

Une troisième tomate, presque blette, cette fois, et bien lourde, s'écrasa sur sa face, et il partit à la renverse en battant l'air de ses bras. Prudents, les gens s'écartèrent en hâte pour lui permettre de tomber. Un qui ne serait pas content, le lendemain, serait le cuisinier du grill de *Nigloland* ! Il ne s'expliquerait jamais où étaient passées ses tomates trop mûres pour être coupées en tranches : mises de côté, elles étaient destinées à finir glorieusement dans une sauce dont il gardait jalousement le secret ! Peut-être Shorung-N'Taal lui révélerait-il un jour son larcin par télékinèse ?

Profitant de cette diversion, Daniel démarra, évita les gendarmes qui tentaient de s'interposer et qui eurent à peine le temps de relever son numéro et de donner le signalement du véhicule. Puis, le Chevalier de Lumière fila en accélérant le long de la « Ligne des Fées », cap au nord-nord-est, vers la plaine de Brienne-le-Château, déserte à dix heures du soir…

*

* *

La CX n'eut pas à rouler longtemps. Le champ de télé-portation la dématérialisa pour la rematérialiser instantanément dans la soute du *CDL 9*. Les gendarmes en seraient quittes pour dresser en vain des barrages toute la nuit sur les routes des alentours. Quand Daniel et sa passagère atteignirent le poste de pilotage, Gilles et ses compagnons accueillirent avec chaleur la jeune Magonienne, assez déroutée. Gérard Ehret l'était aussi, qui interrogea le banneret des Chevaliers de Lumière :

— Sur quoi t'es-tu fondé pour estimer qu'il suffirait à Daniel d'embrasser Doorlinya pour l'arracher à sa léthargie ?

— Comme Daniel l'a expliqué aux gendarmes, tout bêtement sur l'analogie de la situation avec celle du conte de Perrault : cette belle « inconnue » endormie dans un bois devait être un appât — j'achève mon hypothèse et Doorlinya rectifiera si besoin est — un appât destiné à nous attirer, plus exactement à attirer Daniel. Ce dernier était tout désigné pour lui donner un baiser « d'amour » et, donc, pour rompre le charme mystérieux et la réveiller. Mais ce pouvait aussi être un piège…

Le Méridional tiqua :

— T'es gonflé, toi, de m'avoir fait jouer le rôle de l'éclaireur candide ! Si je m'étais fait estourbir, tu te serais dit : « La prochaine fois, faudra faire gaffe où nous mettons les pieds ! » ?

L'ésotériste, en riant, le détrompa :

— Shorung-N'Taal te gardait dans son collimateur, prêt à te dématérialiser instantanément en cas de besoin. Ensuite, tout comme nous, tu as reçu en implant intracrânien un détecteur d'agressivité, non ? Et tu n'as perçu aucune menace en approchant du champ énergétique formant une barrière invisible autour de Doorlinya ; barrière que toi seul as pu franchir, alors que le guignol de rationaliste et les malheureux gendarmes la heurtaient de front et tombaient sur le derrière !

— Mais pourquoi ne pas avoir tout simplement dématérialisé Doorlinya pour la rematérialiser ici ? demanda Gérard Ehret.

— Parce que ce cinéma visait à nous attirer là, Daniel en particulier. Il fallait tout de même voir ce que l'on attendait de nous. En prenant les précautions nécessaires.

— Au demeurant, j'ai essayé de la dématérialiser, intervint le Vahoun. Mais je n'y suis pas parvenu. Les fréquences magoniennes de transfert ne sont pas les mêmes que les nôtres. La barrière de protection devait neutraliser mes tentatives. Peut-être qu'avec les enregistrement des chants magiques séquentiels magoniens nous y serions parvenus comme lors de notre précédent passage vers Magonia.

Gilles Novak s'adressa à la jeune princesse :

— J'aimerais, Doorlinya, que tu nous relates la genèse des événements qui t'ont conduite à ce carrefour.

Elle arrondit les épaules, remua la tête dans une moue dubitative :

— Tout allait bien, à Kohinra, notre capitale, et la vie

normale avait repris, grâce à votre courageuse intervention pour nous libérer et rétablir mon père Alboerick sur le trône de Magonia. Les factions rivales qui avaient pactisé avec nos ennemis les Bakors étaient démantelées et ne menaçaient plus le royaume. Nous nous sentions revivre. Mon père, dans sa sagesse proverbiale, reparlait de son dessein majeur : établir des relations d'amitié avec les nations terrestres afin de régénérer notre espèce qui, depuis trop longtemps, vit en vase clos. Son projet de loi allait être soumis à ses ministres et probablement adopté... et mes souvenirs s'arrêtent là.

« A l'évidence, puisque je suis ici, dans cet univers parallèle — car pour nous, Magoniens, la Terre est un monde parallèle — j'ai été enlevée et matérialisée, mise en état cataleptique, dans votre forêt du Temple. Par qui et pourquoi, je l'ignore autant que vous, bien que mes soupçons se portent automatiquement sur les Bakors.

Elle s'absorba un moment dans un silence méditatif.

— Eh bien, mon cœur, interrogea Daniel, quelque chose d'autre a l'air de te tracasser.

La jeune femme considéra tour à tour ses amis terriens :

— Quand vous m'avez accueillie avec une accolade, tout à l'heure, j'ai senti sur vous un nouveau parfum, à la suavité un peu étrange. Cette senteur m'avait déjà surprise quand Daniel m'a embrassée, dans la forêt. Dans votre monde, vous jugez un parfum au seul plan de sa fragrance, qui vous convient ou vous déplaît. Notre espèce, elle, possède en plus de ses sens — en nombre supérieur aux vôtres puisque nous sommes partiellement télépathes et capables de téléportation — notre espèce, donc, est sensible aux vibrations, aux longucurs d'ondc dcs parfums comme à celles des sons et des couleurs.

— Et quel rapport avec la situation présente ? questionna Monique Augeix.

— Pour accéder à tel ou tel sentier invisible et gagner tel ou tel monde des univers parallèles, ou bien pour passer d'un point à un autre sur un même monde, nous avons une grande variété de chants, dont les vibrations composites ouvrent maintes « portes transdimensionnelles ». Vous avez d'ailleurs enregistré un certain nombre de ces « Chants de Passage», avec le concours de mes six compagnes, lors de notre première rencontre ; ces enregistrements vous ont permis, à bord de ce vaisseau, de franchir sans encombre les limites de votre continuum spatio-temporel pour vous intégrer dans le nôtre. Votre frère Shorung-N'Taal vient d'ailleurs de le rappeler.

« Or, avec certains types de parfums très spécifiques, la phéromone, ou combinaison moléculaire de leurs composants, intervient de façon mystérieuse. Elle rend possible, en l'associant aux chants sélectionnés, soit de franchir simultanément plusieurs continuums, soit d'atteindre ce que nous appelons les « zones crépusculaires », zones généralement mal connues, inquiétantes, localisées entre deux univers qui nous sont familiers.

« Je m'étonne que vous ayez si opportunément trouvé et choisi ces parfums spécifiques alors que rien ne devait désigner leurs facultés « magiques » !

Régine Véran crut devoir préciser en sortant deux flacons-vaporisateurs de son sac :

— L'une de nos amies de Grasse, Joëlle Oldenbourg, est créatrice des parfums à l'enseigne « Le Jardin de Nephtys ». Elle a lancé la ligne féminine *Nephtys* — que tu as pu apprécier sur Monique, Elisheva et moi-même — et la ligne masculine *Nephtarès*. Celle-ci, tu l'as découverte sur

Daniel, avant de la retrouver chez nos autres frères du Commando Alpha.

« Nephtys, en Egypte antique, était la déesse de l'Invisible, fille de Nout, l'immensité cosmique. Or, les sentiers « invisibles » conduisent à d'autres dimensions de l'Univers[1]. Et toi, Doorlinya, tu nous apprends justement que ces parfums « magiques » complètent, au plan vibratoire, le rôle de vos « Chants de Passage », non moins « magiques », pour accéder à un Ailleurs fabuleux ! N'est-ce pas fantastique ?…

Ça l'était plus encore que la jeune femme n'aurait pu l'imaginer…

---

1. Passionnée d'ésotérisme, inspirée par les écoles de mystères de l'Egypte antique, Joëlle Oldenbourg, elle, parle d'« ouverture d'un canal établissant la jonction entre ce monde et un autre ».

CHAPITRE III

La princesse magonienne retira le capuchon doré du flacon rond (son étiquette bleue représentait la déesse égyptienne Nephtys) et vaporisa sur son poignet un jet de cette eau de parfum. Elle frotta doucement sa peau ainsi « nébulisée » et l'éventa avec lenteur. Son visage exprimait une concentration mentale inhabituelle. Sous les regards intrigués des membres du Commando Alpha, elle huma les senteurs, les harmonies secrètes, la phéromone ou combinaison moléculaire à longue résonance, et répéta, songeuse :

— C'est magique, au sens opératif du mot. Et malgré tes explications, Régine, je n'arrive pas à comprendre par quel miracle ton amie Joëlle a pu vous offrir si opportunément ces parfums. Car, je l'affirme, *Nephtys* et *Nephtarés* sont des adjuvants de nos « Chants de Passage ». Et ils ne seront pas superflus, je le crains, dans les jours à venir…

— C'est un peu plus complexe que cela, expliqua Gilles Novak. Joëlle ne nous a pas offert spontanément ses parfums, mais à la demande d'une mystérieuse cliente. Qui au demeurant n'impressionne pas les pellicules des photographies que l'on prend d'elle. Mais je crois qu'il faut reprendre par le début.

Et le banneret de l'Ordre Cosmique pour la France compléta les renseignements déjà fournis à Doorlinya en relatant les « incidents » survenus à Rio de Janeiro. Exposant du même coup la situation à tous leurs camarades présents. A commencer par l'apparition de Iemanja, la « déesse de l'eau, la Mama d'Ouro, la mère de l'or » des anciennes croyances brésiliennes, féerique dans sa traditionnelle tunique blanche sous une ample cape bleue, qui s'était manifestée, fugace, sur le balcon de leur chambre, au vingt-sixième étage de l'*Othon Palace Hotel*.

Et il relata les autres anomalies relevées : le réceptionniste de l'hôtel qui l'avait informé de la brève visite d'une élégante jeune femme en tailleur lilas qui désirait s'entretenir avec lui ; le paquet que les deux gamins leur avaient remis une demi-heure plus tard, quand il chargeait leurs bagages dans le taxi qui allait les conduire à l'aéroport… un « cadeau » de la part d'une belle dame au tailleur lilas… Et ce furent de bien curieux cadeaux qu'ils découvrirent peu après en dépliant l'emballage : ces fameux pendentifs dont l'effigie holographique de Iemanja dissimulait incomplètement un montage fort bizarre, noyé dans la résine transparente. Enfin, il évoqua cette rencontre à bord du Boeing de la Varig qui les ramenait en Europe, avec une ravissante métisse… en tailleur lilas. Indépendamment l'un de l'autre, en des endroits différents de l'appareil, Gilles et Régine avaient échangé quelques mots avec cette femme, laquelle n'avait pas manqué d'admirer — et de toucher — ce curieux bijou suspendu à leur cou. Et depuis, le diadème de l'hologramme de Iemanja s'était mis à scintiller : à l'évidence, la belle inconnue avait discrètement activé alors l'intégrateur transcontinuum.

— C'était toujours cette même personne qui vous était apparue ? interrogea Monique Augeix.

— Sans aucun doute, répondit Gilles Novak. Et c'est manifestement la même femme — avec son tailleur lilas — qui est venue chez Joëlle Oldenbourg lui commander ces parfums, à charge pour notre amie créatrice de nous les remettre, à nous et à vous mes amis, sœurs et frères du Commando Alpha.

Doorlinya, très attentive au complément d'informations apporté par le Français, commenta :

— Tout cela est très singulier. Tous ces événements, l'intervention de la belle métisse prenant parfois l'apparence de cette déesse Iemanja, ainsi que sa démarche pour que vous parviennent ces parfums liés à nos « Chants de Passage », évoquent une très vieille tradition de mes ancêtres, véhiculée par les sorciers de Magonia. Mais ne vous méprenez pas sur ce terme « sorcier », désacralisé, avili chez vous par l'Eglise officielle, et plus tard par une communauté scientifique non moins officielle, ces deux partis n'appréciant ni l'un ni l'autre la concurrence !

« Anciennement, chez nous comme chez vous, je crois, « sorciers » n'était que le nom de prêtres qui le plus souvent œuvraient pour le bien de leur communauté, soulageaient leur prochain, luttaient contre l'injustice et l'obscurantisme. Et c'est pour cela qu'ils ont été chez vous pourchassés.

« Chez nous, donc, ces hommes, ces femmes, phytothérapeutes et naturopathes avant la lettre, doués de pouvoirs curatifs psychobiologiques — vous diriez « parapsychologiques », tels les guérisseurs — n'ont jamais été pourchassés, torturés, condamnés, brûlés, comme ce fut le cas des siècles durant sur votre Terre. Aimés et respectés, ils transmettaient leurs savoirs et traditions venus du fond des âges. Et l'une de leurs légendes affirmait qu'un jour, des magiciens viendraient d'Ailleurs ; et, écoutez-bien, précisément leurs parfums magiques se mêleraient aux « Chants de Passage » et entreraient en lutte avec des forces mauvaises de la pire espèce... Un souvenir m'échappe toutefois, qui renforcerait la légende, mais j'espère me le rappeler plus tard. Cela m'irrite cependant de l'avoir oublié...

— Comme beaucoup de traditions, celle-ci est suffisamment floue et à la fois riche de sens cachés pour être vraie, jugea Alain Le Kern, D'autant qu'elle s'adapte assez bien à notre esprit d'équité et à la situation actuelle.

— Je crois bien, intervint Monique Augeix. Je trouve que le détail des parfums est un élément tout de même très précis.

— Admettons, fit Gérard Ehret, mais qui serait donc l'énigmatique métisse assimilée à Iemanja ? S'intègre-t-elle dans la succession d'événements qui secoue actuellement Magonia ?

La jeune princesse arrondit les épaules.

— Les univers parallèles et les milliards de systèmes stellaires qui les composent sont infinis. Comment savoir d'où vient cette « métisse » — selon votre appellation ? Est-elle originaire de quelque planète tangentielle ? Et pourquoi se montre-t-elle de façon si sporadique, sous des aspects comportant de subtiles variantes ?

— A ce jeu des questions sans réponse, argumenta Gilles Novak, nous pourrions ajouter celle-ci, Doorlinya : qui t'a enlevée pour te rematérialiser dans la forêt du

Temple en état cataleptique ? Pour nous attirer, c'est évident, mais dans quel but ? Cet adversaire, quel traquenard nous prépare-t-il ? Et effectivement, notre inconnue est-elle en rapport avec cet enlèvement ? Et la question corrélative : est-elle amie ou ennemie ?

*

* *

Les voitures étaient garées en retrait du chemin départemental n° 11. A l'orée de la forêt du Temple, face à la plaine de Brienne-le-Château, parfaitement déserte à une heure trente du matin, trois tentes Igloo — deux grandes et une petite biplace — alignaient leur forme sphérique. Montées en trois minutes, strictement étanches, d'une résistance exceptionnelle, toutes ces qualités avaient déterminé les membres du Commando Alpha à adopter ces modèles pour un certain nombre de leurs missions.

Occupants de la tente biplace, Daniel Huguet et Doorlinya se désunirent, encore haletants. Ils restèrent un instant immobiles sur le matelas pneumatique, la jeune femme blonde la nuque nichée au creux de l'épaule de l'hypnotiseur. Après la fougue de ces retrouvailles, ils goûtaient la quiétude apaisante succédant à l'étreinte. Tous deux ruisselaient de sueur, par cette chaude nuit de juin.

— Si le lac n'était pas si loin, murmura le Méridional, j'irais volontiers y piquer une tête.

— Moi aussi, chéri, mais nous pouvons toujours aller nous rafraîchir à la source, tout à côté, en bordure du champ appelé la « Pièce aux Loups ».

— C'est vraiment à côté ?

— A moins de trente mètres, derrière le petit poteau indicateur. Mes amies et moi y avons bu souvent, lors de nos allées et venues dans ce secteur de la *gaste* forêt.

D'un sac de voyage, Daniel retira deux serviettes de bain et en tendit une à sa compagne. A quatre pattes et merveilleusement nue, elle ouvrit la fermeture à glissière de la tente, puis se retourna en gloussant tandis que l'hypnotiseur pouffait à son tour :

— Excuse-moi ! Le tableau que tu m'as offert était irrésistible... et ma main n'a pu résister !... Dis, tu crois que nous pouvons y aller à poil, à ta fontaine ?

— Bien sûr. A deux heures du matin, il n'y a pas âme qui vive sur des kilomètres à la ronde. Quant à tes amis, tu sais parfaitement qu'ils sont comme toi naturistes.., et en ce moment, ils dorment !

Ils quittèrent la tente Igloo, uniquement « vêtus » de leurs chaussures, et longèrent la forêt, d'une obscurité d'encre malgré la pleine lune, pour repérer le poteau de métal haut d'un peu plus de deux mètres. Une plaque d'un bleu délavé indiquait, en caractères blanchâtres : *Chemin du Langage-des-Oiseaux.*

Chemin du Langage-des-Oiseaux ! Ce nom poétique disait quelque chose à Daniel Huguet. Gilles en avait parlé, mais à propos de quoi ? Bah, il aurait toujours bien le temps de s'en préoccuper demain matin. Pour l'instant, seule importait la petite trempette. Et justement la source était derrière le panneau, dans un creux de rocher moussu formant une vasque naturelle peu profonde. L'hypnotiseur et sa princesse tâtèrent l'eau du bout du pied et firent une grimace : elle n'était pas particulièrement chaude, cette source, et ce fut avec hésitation qu'ils entrèrent dans le mini-bassin dont le diamètre ne dépassait pas trois mètres.

Avec de l'eau seulement jusqu'aux cuisses, ils se frottèrent d'abord les jambes, l'abdomen — aglagla ! commenta sommairement Daniel — avant de vaincre leurs ultimes hésitations pour s'asseoir carrément dans la vasque.

Doorlinya se remit bien vite debout, imitée par son compagnon qui entreprit de la frictionner énergiquement, déclenchant aussitôt ses rires étouffés. Ils sortirent de l'eau et s'essuyèrent hâtivement, retrouvant sans déplaisir la douceur de la nuit. La princesse jeta alors sa serviette sur un buisson, confisqua d'autorité celle de Daniel qui alla rejoindre la sienne, et elle l'enlaça, se serrant fort contre lui en cherchant ses lèvres…

*

* *

Alain Le Kern et Gérard Ehret furent les premiers à abandonner leur tente douillette pour humer l'air frais du matin, chargé des senteurs de la forêt.

— OK pour un petit footing de cinq cents mètres ? proposa le guérisseur à voix basse, pour ne point réveiller leurs amis.

En étouffant un bâillement paresseux, le géomancien négocia à la baisse :

— Disons trois cents mètres ou guère plus… et c'est parti !

En slip et débardeur, ils s'élancèrent sur le chemin en lisière de la forêt, mais ne tardèrent pas à s'arrêter près du poteau indicateur, le regard attiré par deux taches claires sur un buisson : deux serviettes-éponges dont l'une, bleue, avait pour motif le signe astrologique du Scorpion.

— Mais dis, c'est la serviette de plage de Daniel ! s'étonna le géomancien-analyste.

— Tu es sûr que c'est la sienne ?

— Pratiquement certain. Il en a plusieurs, de coloris différents, mais invariablement avec son signe astrologique. L'été, quand nos occupations nous le permettent, nous allons avec des amis faire du naturisme à la plage du Liouquet, entre la Ciotat et Les Lecques. Je lui ai vu maintes fois ce genre de serviette.

— Eh bien, nous qui pensions être les plus matinaux ! sourit l'Alsacien. Daniel et Doorlinya nous ont devancés.

— D'accord, admit Alain le Kern intrigué. Mais où sont-ils ?

— Ils auront fait leur toilette, suggéra son camarade, et étendu leurs serviettes sur ce buisson pour les faire sécher.

— Et par ce froid, ils seraient repartis en laissant tout là ?

Alain Le Kern, préoccupé, jeta un regard vers les tentes : Gilles, Régine et Monique Augeix en sortaient légèrement vêtus. En riant, ils sautillaient sur place esquissant des mouvements de gymnastique. Jerry Fowler et Elisheva Kamenkova, les cheveux ébouriffés, sortirent à leur tour pour imiter ceux qui les avaient précédés.

Le géomancien-analyste leur cria :

— Vous pouvez vérifiez si Daniel et Doorlinya sont bien dans leur tente ?

Le banneret des Chevaliers de Lumière et ses compagnons n'avaient pas encore aperçu Alain et Gérard, près du poteau et à cet appel, ils regardèrent dans leur direction. Puis l'artiste-peintre s'approcha de la tente biplace, et posa la main sur l'armature pneumatique :

— Oh, oh ! Daniel ! Doorlinya !... Vous êtes là ?

N'obtenant pas de réponse, elle écarta le panneau d'ouverture et risqua un œil :

— Personne ! Mais tout le reste est là. Ils sont sortis, en laissant leurs vêtements. Ils n'ont pris que leurs chaussures !

Elle pénétra dans la tente à quatre pattes et en ressortit, la mine perplexe :

— Leurs slips aussi sont là ! Ils ne sont quand même pas allés se promener tout nus dans la forêt !

— Oh ! lança Gérard Ehret. Venez voir !

Régine, Elisheva et Monique s'engouffrèrent dans leur tente et en ressortirent immédiatement en nouant autour de leur poitrine leur serviette de toilette, pour le cas où de pudiques naturels du pays, les surprendraient vêtues de leurs seuls slips. Elles coururent à la suite de leurs compagnons qui les avaient précédées. Ceux-ci, groupés autour de la vasque naturelle aux rochers moussus, s'étaient accroupis et examinaient dans la terre meuble des traces de pieds nus : celles d'un homme et d'autres beaucoup plus petites.

— Ce sont les empreintes de pieds de Daniel et de Doorlinya, fit Elisheva.

— Oui, c'est quasi certain, approuva le directeur de *LEM.*

— Ils ont fait leur toilette ici, continua Gérard Ehret, ont mis à sécher leurs serviettes et, pour une cause inconnue, ils sont partis dans la forêt.

— Complètement nus ? objecta Alain Le Kern. On ne fait pas de naturisme, ici ! Et encore moins par ce temps.

— Tu as raison, reconnut la biologiste soviétique. C'est impensable.

Intriguée, Monique Augeix se baissa si vivement que sa serviette, dénouée, tomba sur ses genoux laissant ses seins libres de toute entrave.

— Regardez ça !

Elle désignait de curieuses traces sur les rochers et sur le bord du ruisseau s'écoulant de la vasque naturelle. Des empreintes de pattes d'animaux étranges, à trois doigts, aussi larges qu'un sabot de cheval ! Point d'un alezan, toutefois, mais plutôt d'un massif percheron ! Avec une troublante griffe à chaque doigt !

— On dirait des traces de pattes de chien, aux griffes de faible dimension ou alors rétractées, mais ce chien aurait la taille d'un dromadaire ! émit prudemment Gilles Novak. Mais ce n'est qu'une simple image que je vous soumets pour essayer de comprendre à quoi ressemble cet animal… qui n'est pas un quadrupède.

— A quoi le vois-tu ? s'étonna l'industriel américain.

— Ces empreintes vont deux par deux, à la manière des bipèdes. Il y a des traces de trois ou quatre de ces… animaux à station verticale.

— Tu as une idée de la nature de ces bêtes ? demanda Régine à son compagnon.

— Spontanément, on pourrait peut-être penser à une variété de singes. Mais dès l'instant où la forêt d'Orient et ce secteur particulier appelé forêt du Temple, n'abritent pas de primates de grande taille, tels les orangs-outangs — et au demeurant pas davantage de singes de petite taille —, on peut légitimement conclure sans erreur que ces entités ou ces êtres, sont étrangers à notre faune ! Mais en toute franchise, je ne crois pas à l'hypothèse simiesque : des primates n'auraient pas laissé des traces de ce type, mélange d'empreintes de dromadaire et de chien, comme je le disais.

Régine poussa soudain un cri. Gilles Novak se tourna vivement et la vit le nez levé vers le panneau du poteau indicateur :

— Regardez… Là…

Le banneret des Chevaliers de Lumière n'eut que deux pas à faire pour la rejoindre et suivre son regard.

— Ça alors ! Encore lui ! s'exclama-t-il d'une voix assourdie, cependant que les autres accouraient, intrigués.

Régine s'était rapprochée de lui, avait pris sa main et murmurait, bouleversée :

— Le *Chemin du Langage-des-Oiseaux*…

A la différence de Daniel Huguet qui, quelques heures plus tôt, l'avait oubliée, Gérard Ehret se souvint d'une explication que Gilles leur avait donnée en décembre dernier :

— C'est bien cette appellation bizarre, que tu avais notée en venant dans la forêt il y a quelques années, Gilles ?

— Absolument.

— Et qui n'existait en réalité pas.

— C'est ça. Avec Régine, nous avions campé en lisière de forêt au bord de ce *Chemin du Langage-des-Oiseaux*, repéré par un panneau indicateur. Mais, le lendemain, Michel Avenol, mon copain, maire de Dolancourt, m'avait expliqué que ce chemin n'existait sur aucune carte. Et d'ailleurs, en lui décrivant notre itinéraire, il me dit qu'à l'endroit que je lui indiquais, il n'existait ni chemin, ni forêt : c'était les champs. Il avait raison. Nous avons notamment pu le constater en y revenant tous ensemble en décembre dernier. Je n'ai plus jamais revu ce « chemin » mystérieux.

— Jusqu'à cet instant, marmonna Régine, en baissant inconsciemment la voix.

Gilles hocha la tête, déconcerté :

— Et nous savons maintenant que ce sacré chemin ne figure ni sur nos cartes, ni sur le territoire... parce qu'il existe seulement dans l'univers parallèle de Magonia !

— Ce qui signifie..., commença Monique Augeix écarquillant les yeux et laissant la fin de sa phrase en suspens...

Mais tout le monde avait compris !

— Oui, Monique, tout laisse à penser que nous avons fait le saut, compléta tout de même le journaliste.

— Voyons, raisonna Alain Le Kern, durant la nuit écoulée, nous étions bien dans notre forêt du Temple, où Doorlinya, inexplicablement en état cataleptique, avait été matérialisée. Nous avons écouté les sornettes du scientiste-bidon, le professeur Albert Fouettard, avant que Daniel n'aille rompre le charme qui paralysait la princesse du peuple-fée.

« Et nous étions toujours dans notre continuum spatio-temporel lorsque, à bord de l'aviso *CDL 9*, nous avons regagné nos voitures, rangées dans la soute. Notre frère Shorung-N'Taal nous a téléportés ici, où nous avons dressé nos tentes, en pleine nuit, pour jouer les appâts et préparer un contre-piège à ceux qui, nous ayant attirés dans cette forêt, entendaient nous faire tomber dans un traquenard. En ce cas, à quel moment avons-nous basculé dans l'univers magonien sans nous en rendre compte ?

— Probablement durant notre sommeil, Alain, émit Gilles Novak, soucieux. Il y a fort à craindre qu'en fait de traquenard, c'est peut-être nous qui sommes tombés dans le piège. Et une autre chose m'inquiète : l'aviso, avec aux commandes notre frère Vahoun, est manifestement resté dans notre continuum. Sans cela, il y a longtemps que Shorung nous aurait adressé un message télépathique.

Sans entretenir trop d'illusions, Gilles Novak actionna son faux bracelet-montre, qu'il avait conservé pour dormir et dissimulait un micro-émetteur-récepteur. Il tenta d'entrer en contact avec le *CDL 9*. En vain. Resté effectivement sur la Terre, l'aviso ne répondait pas. Et les membres du Commando imaginaient sans peine l'anxiété qui devait habiter leur frère cassiopéen Shorung-N'Taal, depuis leur disparition spontanée...

— Nous sommes donc coupés de toutes les possibilités défensives ou offensives que nous assurait ce vaisseau, conclut le chef du Commando. Quant à l'armement, nous ne disposons plus que de couteaux de chasse et d'un Colt 11.25 dans ma boîte à gants. Daniel doit avoir dans ses affaires un 7.65 avec deux chargeurs... Et vous ?

Alain Le Kern et Gérard Ehret possédaient eux aussi un automatique dans leur voiture.

— Quatre armes de poing, cela ne représente pas une énorme puissance de feu, maugréa le journaliste. En tout cas, rien de comparable à la quasi-invulnérabilité et aux capacités offensives de nos tenues de combat de Chevaliers, nanties d'un ceinturon dégraviteur-propulseur !

— Pas de doute, soupira Le Kern, la technologie de nos frères centauriens, il n'y a pas mieux. Avec nos pétoires, nous pouvons aller nous rhabiller.

— En attendant, c'est bien ce qu'on va faire ! confirma Gilles, pince-sans-rire, en invitant ses compagnons à regagner les tentes.

*

* *

Le diesel de la CX 25 RI de Daniel Huguet fut siphonné et transvasé dans les réservoirs de l'Opel Oméga de Gilles et de la Vectra Kadett d'Alain : il fallait désormais économiser le carburant, et deux voitures suffiraient pour accueillir les membres restants du Commando Alpha.

En décembre, sept mois plus tôt, en compagnie de Doorlinya et de six autres femmes-fées, ils avaient été translatés sur la planète — ou devrait-on dire la « dimension » — Magonia. Ils avaient jugulé un coup d'État, et libéré le roi Alboerick et sa cour. Mais Gilles et ses amis avaient manqué de temps pour faire du tourisme et ils connaissaient peu Kohinra, la capitale de cette dimension correspondant géographiquement à Dolancourt, au cœur du pays d'Aube.

Aux dires de Doorlinya, le peuple magonien s'apparentait au nôtre tel qu'il était vers le XVe siècle, donc sans aucune des industries lourdes qui caractérisent l'ère spatiale à l'approche de l'an 2000 (La traction animale ne souffrait d'aucune concurrence !). Le tableau de Doorlinya semblait quelque peu idéalisé, car durant leur bref séjour initial, les choses étaient apparues fort différentes aux yeux du Commando Alpha. Cette société, essentiellement agraire, artisanale, pouvait tout au plus se comparer à son homologue française des XIIe ou XIIIe siècle, et non pas du XVe siècle.

— Pendant que les filles rangent le matériel de camping, prenons les haches et coupons des branches ou des petits troncs, pour en faire des gourdins. Nous n'utiliserons les pistolets qu'en cas de nécessité absolue, afin d'économiser les munitions.

— Saine précaution, Gilles, approuva Alain Le Kern. Un bon bâton fait moins de bruit qu'un coup de feu, mais l'effet n'est pas loin d'être le même, en combat rapproché !

Et le géomancien-analyste, adepte du kendo[1] et du iaïdo[2] — des arts martiaux utilisant le Bo-Ken, un robuste sabre en bambou, à l'entraînement — parlait d'expérience. Il se promit, dès le lendemain, d'enseigner les premiers rudiments de ce sport de combat japonais à ses amis. A toutes fins utiles !

En revenant de la forêt, une nouvelle surprise les attendait, au voisinage de la source : le poteau avec son panneau indicateur, n'était plus en métal mais en bois. De plus, l'inscription primitive avait été remplacée par une autre, rédigée en caractères différant sensiblement des nôtres pour former les mots d'une langue inconnue.

— Pourtant, Gilles, nous n'avons pas rêvé, tout à l'heure, fit Elisheva.

— Non. Nous avons bien lu *Chemin du Langage-des-Oiseaux.* Je suppose donc que nous avons été, alors, suggestionnés pour lire cela. Ceux qui ont enlevé Daniel et Doorlinya s'amusent sans doute à nous jouer des tours... Une sorte de hors-d'œuvre, pourrait-on dire. Et ils préparent probablement à notre intention un plat de résistance plus dur à digérer !

Gilles s'attarda à graver dans sa mémoire ces caractères incompréhensibles et rappela :

1. La voie du sabre.
2. L'art de sortir le sabre du fourreau.

— Même si nombre de Magoniens parlent plus ou moins le français, à force de translater vers la Terre depuis des siècles, leur langue, leur alphabet et leur écriture sont spécifiques. Il ne faudra donc pas compter obtenir des indications en consultant les panneaux archaïques que nous serons amenés à rencontrer. Et il n'est d'ailleurs pas évident qu'il en existe, comme chez nous.

« Sur ton tableau de bord, Alain, et sur le mien, nous allons fixer une boussole. Pour éviter un trop long détour, traversons la forêt d'Orient en suivant la route forestière du Temple que nous avons empruntée normalement, hier soir, avant de basculer dans ce continuum de Magonia. Logiquement, en fonçant cap au sud, nous devrions atteindre la route théorique Lusigny-Vendeuvre-Dolancourt... ou plutôt Kohinra. C'est en effet à la place de ce modeste village et du parc d'attractions de *Nigloland* que se dresse la capitale magonienne ! La route en question est par conséquent une voie royale qui, dans cet univers parallèle, doit obligatoirement relier cette métropole aux marches de l'Est.

Ils éprouvèrent soudain une sensation bizarre et simultanément promenèrent un regard alentour, persuadés que quelqu'un les observait. Une fraction de seconde, ils avaient cru que le détecteur d'agressivité qu'ils avaient reçu en implant crânien leur signalait une présence. Un examen attentif des arbres et buissons les plus proches ne donna rien.

— Je ne saurais dire, avoua l'ésotériste-journaliste, s'il s'agissait de la désagréable impression d'être épié, espionné, ou bien, plutôt, si cela ne résultait pas d'un très bref et très faible contact télépathique. Doorlinya ne possède pas l'ampleur des pouvoirs psi des Vahouns, mais elle est tout de même douée de facultés télépathiques. Si c'est elle qui s'efforce de nous lancer un appel, elle récidivera… Allez, mes amis, ne perdons plus de temps et mettons-nous en route !

Ils roulèrent sans encombre sur le chemin forestier, en terre battue, jalonné de fondrières, sèches pour la plupart à cette saison, et virent, à une cinquantaine de mètres devant eux, déboucher un cerf qui traversa la piste, talonné par une meute de loups !

Sans avoir rencontré de village (celui de la Loge-aux-Chèvres, par exemple), ils aboutirent à la « grand route » qui existait bien… mais nul n'aurait pu la comparer à la Nationale 19 ! Il s'agissait d'un large chemin, de terre battue lui aussi, mais avec, de place en place, des dalles de pierre usées qui subsistaient encore, héritées des Romains… Ou de ceux qui en tenaient lieu dans le passé de ce monde. Point de hameau non plus : La Villeneuve-au-Chêne n'existait pas.

En braies et méchante blouse grossière, un fermier, avec son attelage de bœufs, quitta un sentier forestier et s'engagea sur la route. En voyant arriver ces deux « chars » inconnus, à roues basses, fermés, grondant et sans le moindre animal pour les tirer, le paysan — un homme de petite taille — hurla de frayeur, abandonna sa charrette et déguerpit dans les taillis. Car sur cette « Terre » d'un univers parallèle, la *gaste* forêt d'Orient, que traversait cette voie, couvrait une superficie infiniment plus étendue que sur la nôtre, de nos jours.

Roulant vers l'est théorique de cette dimension, les deux véhicules traversèrent un minuscule bourg (à peu près là où aurait dû se trouver Vendeuvre-sur-Barse), affolant au passage une vieille femme qui prenait de l'eau à la fontaine, avec un seau en bois cerclé de fer. Deux chiens se ruèrent vers les pneus en aboyant. Gilles klaxonna, et les bouviers, aussi épouvantés que l'aïeule, détalèrent en hurlant la queue entre les jambes !

Arrivés sur une longue ligne droite qui remontait vers le nord-est, Gilles et ses compagnons ne tardèrent pas à apercevoir, à quelques kilomètres, non pas Dolancourt mais les remparts de Kohinra. Ils était couronnés par un chemin de ronde avec créneaux et mâchicoulis. Le cœur de la cité (médiévale par son architecture) était dominé par l'imposant château du roi Alboerick le Sage, père de la princesse Doorlinya. Un massif château fort flanqué de quatre tours d'angle, surmonté de plusieurs tours intérieures coiffées d'un clocheton. A un mât flottait un étendard jaune et rouge, avec un blason impossible à distinguer à cette distance.

Les deux voitures s'immobilisèrent au bord de la route. Le banneret des Chevaliers de Lumière attrapa une paire de jumelles et sortit de son véhicule. Il observa attentivement la cité, le château royal, puis il passa les jumelles à Alain Le Kern qui l'avait rejoint. Le géomancien-analyste s'attarda sur l'étendard, puis déclara :

— Si j'ai bonne mémoire, le blason du souverain arborait pour animaux totems un lion et un loup couchés, en attitude de soumission, sous la couronne royale. C'est bien ça ?

— Oui. Et l'étendard qui flotte à présent au-dessus du château fort est différent : il représente un loup gueule ouverte sur ses crocs surmonté de deux glaives croisés. Ce ne sont incontestablement pas les armoiries de notre ami, Alboerick le Sage.

— Si Daniel était parmi nous, il parlerait sûrement d'un « sac d'embrouilles » ! plaisanta le géomancien.

— La prudence nous dicte de modifier notre plan : il est hors de question d'entrer dans Kohinra au volant de nos voitures.

— Profil bas et discrétion, s'exclama Alain Le Kern en faisant le signe scout.

Ils réintégrèrent les véhicules et tournèrent à droite sur le plus proche sentier, pour s'engager dans les taillis et dissimuler l'Oméga et la Vectra sous de larges fougères. Bien leur en prit : une colonne d'une dizaine d'hommes d'armes, d'assez petite taille, approchait au même instant. Ils étaient vêtus d'une courte tunique grise, d'une cotte de mailles et coiffés d'un casque de fer, l'épée ou le glaive au côté ! Seul leur chef, presque aussi grand que les Terriens, portait la barbe, à l'inverse des Magoniens, d'ordinaire imberbes. Alain enfouit prestement dans sa poche la boussole récupérée sur le tableau de bord, et Gilles Novak se frotta les mains, en affichant un sourire rusé...

*
* *

La patrouille avançait d'un pas martial. Hourlgar, son chef (barbu et très pâle), entendit soudain des rires féminins provenant de la forêt. D'un geste de la main, il fit stopper la colonne. Les sons venaient de la gauche. Il tourna son regard puis se mit à cligner des yeux à plusieurs reprises, médusé : là, à à peine plus de dix mètres, dans une petite clairière, trois jeunes femmes, entièrement nues, folâtraient en riant. Des ribaudes ? Des fées ?... Elles étaient belles et sensiblement plus grandes que les Magoniennes ordinaires.

Hourlgar fit mettre l'épée au clair à ses fantassins, et il leur donna l'ordre de s'avancer à travers les frondaisons en direction du trio de créatures. Les trois nymphes adorables interrompirent leurs jeux, nullement effrayées par l'irruption de ces frustres hommes de guerre. Bien que sur le qui-vive, ceux-ci roulaient des yeux brillants de désir. Parvenu à une demi-douzaine de pas des danseuses, Hourlgar fit arrêter la progression de ses soudards. Il s'éclaircit la voix, se caressa la barbe et jeta quelques mots dans une langue râpeuse, rauque, en regardant autour de lui. Manifestement, les femmes ne comprenaient pas ce que disait l'officier, mais elle réalisèrent qu'un bref instant, il avait porté ses regards sur leurs vêtements jetés pêle-mêle.

La plus blonde des trois — en l'occurrence, Régine Véran — écarta les mains en signe d'ignorance, sans manifester la moindre gêne de sa nudité, à l'instar de ses compagnes qui, maintenant, coulaient discrètement — ou indiscrètement — des œillades langoureuses aux vaillants guerriers. L'officier distribua des ordres en ricanant et trois de ses petits hommes (ils mesuraient à peine un mètre quarante) se postèrent en triangle pour surveiller la clairière. Hourlgar et les autres, sans dissimuler leurs intentions, se débarrassèrent de leur ceinturon, de leurs braies et exhibèrent leur virilité en s'approchant des nymphes qui pouffaient, apparemment disposées à subir les pires outrages de la soldatesque excitée.

La seconde blonde — la Toulousaine Monique, aguichante au possible — fit des avances gestuelles aux trois factionnaires pour les inviter à partager leurs futurs ébats :

— Allez, les bidasses, leur lança-t-elle dans une langue chantante que ne pouvait comprendre les intéressés, préparez-vous, vous aussi : quand il y en a pour sept, il y en a pour dix !

Et Régine d'ajouter, avec un rire niais, semblant s'adresser au barbu qui la pelotait déjà :

— Monique, Elisheva, attirons les trois sentinelles… Et après, ne ratons pas notre coup… Je donnerai le signal…

Hourlgar, imaginant un compliment à son endroit, réagit par un grognement de contentement. L'un de ses hommes, déjà prêt à… l'action, avait enlacé Monique Augeix. En riant, celle-ci l'entraîna vers le plus proche factionnaire. Avec des gestes fort éloquents, l'artiste-peintre languedocienne fit comprendre à la sentinelle de se joindre à eux. Après un coup d'œil à l'officier qui embrassait Régine dans le cou cette dernière, le factionnaire finit par hausser les épaules. Il planta son glaive dans la terre et commença à dénouer fébrilement le cordonnet de ses braies.

Entre deux éclats de rire de plus en plus hystériques, Régine chantonna, tout en tenant la barbe de l'officier :

— On y va ! On y va ! On y va !

Et elles y allèrent de bon cœur, remontant brutalement un genou ici, allongeant là le pied pour le projeter brutalement ailleurs…

Leurs « chevaliers servants » se mirent à beugler en tournoyant sur eux-mêmes, courbés en deux, les mains trop occupées à faire l'inventaire de leurs inestimables trésors familiaux pour songer à saisir leurs glaives !

Munis de leur gourdin, Gilles Novak, Alain Le Kern, Gérard Ehret, et Jerry Fowler surgirent des buissons pour tomber à bras raccourcis sur le reste de la patrouille lubrique. Rapidement, les hommes d'armes se retrouvèrent au sol, assommés, bientôt dépouillés de la courte tunique d'uniforme qu'ils avaient conservée, de leurs chausses, ceinturon, glaive et casque...

— Bravo, mes petites sœurs chéries, plaisanta le journaliste. Il est regrettable de ne pouvoir fêter cette garden-party en débouchant un Taittinger Comtes de Champagne ! Vous l'eussiez grandement mérité !

Les trois jeunes femmes, en tenue d'Eve, ne furent pas insensibles au compliment. Régine pirouetta soudain pour lancer son pied : atteint en pleine face, Hourlgar « mal assommé » replongea dans son nirvana. Les nymphes occasionnelles récupérèrent tranquillement leur slip qu'elles enfilèrent. Puis elles choisirent, parmi les tuniques et chausses de leurs victimes, celles qui leur convenaient le mieux. Foin de l'élégance, elles n'envisageaient pas, dans l'immédiat, de présenter une collection de haute couture. Au demeurant, ce n'était pas la coupe de ces tenues qui les gênait le plus, mais l'odeur nauséabonde qui s'en dégageait.

De son côté, Gilles soucieux examinait les hommes dévêtus. Leur peau était claire. Le chef, en particulier, plus grand que les autres, offrait pratiquement les caractéristiques d'un albinos, à la peau laiteuse.

— Ces fantassins, ces gardes imberbes ne dépassant guère un mètre quarante, sont incontestablement des Magoniens. En revanche, l'officier barbu est un étranger.

— Un Bakor ? suggéra Gérard Ehret.

— Oui, probablement un ressortissant de cette race belliqueuse à laquelle nous avons été confrontés, lors de notre bref séjour sur Kohinra, en décembre dernier. Mais si ce

Bakor assure le commandement d'une patrouille magonienne, cela signifie manifestement que les ennemis ancestraux de cette planète contrôlent encore une fois Magonia, ou tout au moins sa capitale !

— Et cela expliquerait alors le changement d'étendard flottant au-dessus du château royal, avança Alain Le Kern. Un nouveau retournement de situation s'est produit après notre départ : non découragés, les Bakors sont revenus envahir ce monde.

— Oui, maugréa le banneret des Chevaliers de Lumière en accrochant à son ceinturon le fourreau du glaive confisqué à Hourlgar. C'est une revanche sur la défaite que nous leur avions infligée.

Puis Gilles abaissa vivement son regard sur le fourreau de l'arme qu'il venait d'attacher. Il constata qu'il était doublé d'un étui cylindrique, contenant un tube chromé :

— La pseudo-baguette des fées ! A double fonction : translateur apte à ouvrir un « sentier invisible » vers un autre continuum mais, aussi, arme de résonance induisant une brusque poussée thermique dans les viscères de la victime, littéralement « cuite » alors de l'intérieur !

— Un four à micro-ondes ultra-miniaturisé, portable à la ceinture ! ironisa Jerry Fowler.

Sarcastique : le géomancien-analyste, avec son solide gourdin, tapota le creux de sa main gauche, sarcastique :

— A défaut de posséder chacun l'un de ces translateurs-rayonneurs, mes sœurs et mes frères, il faut se faire une raison : il va y avoir du sport avant pas longtemps !

Dix minutes plus tard, tous les membres du Commando Alpha, sans distinction de sexe, avaient tant bien que mal endossé les tuniques, les braies, bouclé autour de leur taille le ceinturon et accroché le fourreau du glaive. Les dimensions réduites des tenues gênaient particulièrement les hommes. Quant aux jeunes femmes, elles comptaient sur le casque pour cacher, autant que faire se pouvait, leur chevelure !

*

* *

Couteau de chasse (non réglementaire !) au côté droit, glaive au côté gauche et, pour quatre d'entre eux, pistolet dans le ceinturon : ce fut dans cette tenue qu'ils franchirent, d'une allure conquérante, la porte des remparts est. Les deux sentinelles saluèrent ces fiers soldats. Seul le « chef » de ces derniers — Gilles Novak — répondit assez vaguement au salut des vigiles, qui n'avaient pas remarqué que les braies ne descendaient pas jusqu'aux chausses de plusieurs membres de la patrouille.

Sans coup férir, le Commando Alpha se retrouva de l'autre côté de l'enceinte de Kohinra et poursuivit son avance d'un pas énergique, donnant l'impression de savoir parfaitement où il allait... alors que Gilles Novak, menant la marche, n'en avait pas la moindre idée. Il croyait seulement se rappeler que le château royal se trouvait un peu vers la gauche. Mais comment en être sûrs maintenant qu'ils étaient dans la vieille ville, aux maisons basses en torchis, aux murs à colombages, aux toits souvent couvert de chaume, d'ardoise pour les plus riches et de branchages pour les plus pauvres ?

Et comment demander son chemin à quiconque, lorsque l'on fait mine de marcher avec assurance, en terrain visiblement conquis, et surtout que l'on ne comprend pas un traître mot de la langue du pays ? Gilles Novak avait, hélas, remarqué depuis longtemps que les assimilateurs linguistiques de l'Ordre Cosmique étaient, somme toute, assez limités et qu'en tous les cas, contrairement à ce qu'il croyait, ils ne leur donnaient pas la connaissance de tous les langages.

A mesure que la colonne progressait dans Kohinra, Gilles songeait qu'en ce même lieu, dans la dimension normale du XXe siècle, existait le hameau de Dolancourt et le somptueux parc d'attractions de *Nigloland*. Le bourg moderne de 157 habitants n'avait rien des dimensions de la mégalopole de Magonia, même si celle-ci ne pouvait être comparée à Paris. Le journaliste se demanda si au XIIe siècle de la dimension normale terrienne — époque qui s'approchait le plus de l'allure de Magonia —, une semblable cité de grande taille s'était dressée en ce lieu... avant de disparaître au cours des siècles pour ne laisser que les quelques habitations de Dolancourt.

Juste derrière le banneret des Chevaliers de Lumière, Alain Le Kern se rapprocha de son chef et prononça, en évitant de trop remuer les lèvres :

— J'ai peu d'argent sur moi, mais même si j'en avais davantage, je ne vois pas comment nous pourrions nous payer un repas dans une auberge ! Tu n'as pas un petit creux ?

— Un petit, non, mais un gros, oui.

— Ces hommes, ironisa Monique qui juste derrière avait tout de même entendu, ils ne pensent qu'à manger.

Cet imprudent bavardage ne passa pas inaperçu. Un Magonien, nettement plus petit que les Français, les entendit. Il s'arrêta, leva la tête, vivement surpris. Et se mit à les suivre discrètement. Il était vêtu de braies déchirées, d'une chemise bouffante assez sale et ses sandales éculées disaient sa pauvreté. Après une hésitation, l'inconnu accéléra insensiblement le pas et régla celui-ci sur celui du fantassin qui fermait la marche : Jerry Fowler.

— Hep ! Hep !

L'industriel américain tourna la tête et baissa les yeux. Son regard croisa celui, anxieux, du petit bonhomme misérable.

— Vous... vous êtes... français ? demanda-t-il avec un lourd accent.

— Non... Enfin, si, mais pas tous, se reprit l'industriel. Tu parles cette langue ?

— Assez bien, oui. Mais l'officier — d'un mouvement du menton, il désignait le « géant » en tête de la patrouille — n'est-ce pas... messire Gilles ?

Embarrassé, l'Américain lui intima le silence d'un mouvement des lèvres et l'invita à garder sa place dans la colonne. Quant à lui, il se mit à presser le pas pour se rapprocher de l'ésotériste. Parvenu à sa hauteur, il lui conta ce bref mais singulier dialogue. Gilles jeta un rapide coup d'œil en queue de peloton où il aperçut le petit Magonien. Alors que le groupe arrivait en vue d'une vieille et grande bâtisse au large portail ouvrant sur une cour, l'inconnu quitta sa place, remonta la colonne et attira les membres du Commando Alpha du geste. Après un instant d'hésitation et n'ayant pas senti d'agressivité proche grâce à leur détecteur incorporé, les Terriens lui emboîtèrent le pas, et franchirent le portail, sur la défensive...

CHAPITRE IV

Une fois à l'abri à l'intérieur des murs de la bâtisse, le chef du commando fit stopper le groupe. Il scruta le visage du petit homme-fée, avec la vague impression de l'avoir vu, ou entrevu, lors de leur précédent séjour, mais sans parvenir à l'identifier.

— Qui es-tu ?

— Lanngor-Ngo, messire Gilles. Je suis… J'étais le chef des cuisines du château royal, avant le retour des Bakors.

— Bien sûr, dit le banneret, je me rappelle maintenant. Que s'est-il passé ?

— Les Bakors sont revenus en force investir le pays avec pour alliés les terribles magiciens noirs de Gorounka, ceux que nul n'a jamais vus et qui restent dans l'ombre !

« Les gens, la domesticité du château ont été chassés et le souverain, notre bon roi Alboerick le Sage, est prisonnier avec sa cour.

— Pourquoi ne s'est-il pas échappé comme la dernière fois auprès de son ami Jarolnag, le bourgmestre du Village de l'Eternel Crépuscule ? demanda le journaliste.

— Il n'a pas eu le temps ni la chance de pouvoir s'exiler vers Looum-Hohonga. Là où vous et vos Chevaliers, messire, l'avez délivré en vous battant comme des lions. Tout s'est déroulé très vite. Une nuit, probablement grâce à de puissants charmes magiques, les sorciers de Gorounka ont endormi profondément le roi et sa cour ainsi que tous les habitants de Kohinra, notre bonne ville. Quand nous nous sommes réveillés, l'ennemi occupait les postes clés, chassait les fidèles de la couronne et la garde royale. Les Bakors ont, comme toujours, reçu l'aide des quelques traîtres que vous aviez fait enfermer dans les geôles du château.

— Traître un jour, traître toujours, maugréa Alain Le Kern.

— Et qui commande cette fois ? demanda Gilles Novak.

— Varouk-Mna, répondit le petit homme.

— N'était-il pas le responsable des mercenaires d'Horing-Lor, ce Magonien félon qui s'était emparé du trône et que nous avons abattu lors de notre dernière venue ?

— Lui-même, messire Gilles. Horing-Lor mort, Varouk-Mna a pris sa place à la tête des rebelles. Il est aujourd'hui le nouvel homme-lige des Bakors qui l'ont placé sur le trône, certains de trouver en lui un allié inconditionnel !

Lanngor-Ngo cracha par terre de mépris.

Le banneret le questionna encore :

— Dans quelles conditions sont les prisonniers ? Et où sont-ils retenus ?

— Aucune idée. Nous n'avons pas la moindre nouvelle des prisonniers depuis ces tristes événements. Nous savons seulement que notre gentille Doorlinya a disparu, grâce aux renseignements qu'a pu nous apporter une dame de la cour qui parvint à s'échapper, cachée dans un coffre à linge. Oh, mais j'y pense, vous devez la connaître, messire Gilles. Il s'agit de l'amie fidèle, presque la sœur de notre bonne princesse… la fidèle Vorenngha.

— Vorenngha ! répéta le géomancien-analyste, ému en apprenant que cette femme-fée, douée de certains pouvoirs psi, avait pu préserver sa liberté.

La douce Vorenngha lui était chère, aussi chère que pouvait l'être Doorlinya pour l'ami Daniel Huguet…

Désignant du geste la cour où ils s'étaient arrêtés, le Magonien affirma :

— Ici, messire Gilles, vous, vos sœurs et vos frères serez en sécurité. Nous sommes sur l'arrière de l'*Auberge des Trois Roses* où j'ai pu, chassé du château, trouver un emploi de cuisinier. J'ai convaincu Herlraor, le maître aubergiste, d'engager Vorenngha, que j'ai fait passer pour ma fille. L'aubergiste est un brave homme, mais assez craintif. Je vais lui annoncer que, moyennant un pourcentage pour moi, je suis en mesure de lui amener sept clients de qualité. Cela le rassurera et il ne posera pas de questions. Ça, c'est pour l'appâter. Dans un second temps, je lui cacherai vos origines, et dirai que vous êtes des mercenaires étrangers au service des Bakors. Cela expliquera votre taille et votre teint bronzé. Ainsi j'espère le décider à vous héberger sans payer d'avance, car si je ne me trompe, vous n'avez pas d'argent magonien ?

— Pas un kopeck, avoua le journaliste.

— Pas un vlaar, rectifia leur nouvel ami. Ou un lernké, la monnaie que les Bakors nous imposent contre dix vlaarenn ! Un scandaleux taux usuraire ! Ah ! une chose encore : Herlraor, le maître aubergiste, parle un français courant mais pas du tout le bakor. Je lui dirai que vous, en revanche, parlez « un peu » le français. De la sorte, vous pourrez communiquer sans vous trahir. Faites simplement semblant de chercher vos mots. Maintenant, patientez un moment, je ne serai pas long…

Il s'éclipsa vers une porte basse, sur l'arrière de la vieille maison et revint au bout d'une dizaine de minutes, la mine réjouie :

— Le patron est d'accord pour vous loger. Il a aussitôt envoyé Vorenngha — rebaptisée provisoirement Kriara, alors ne la trahissez pas —, préparer vos chambres. Euh… j'ai dit au maître aubergiste que vous êtes ici pour recevoir, auprès du commandement de la place, une forte récompense en pièces sonnantes et trébuchantes pour services exceptionnels rendus à nos… « amis » bakors. Il n'a pas été enchanté — car c'est un bon Magonien — mais cette garantie d'être payé a calmé ses inquiétudes.

— Il a bien de la chance ! soupira Régine. Des inquiétudes, ce n'est pas ce qui nous manque !

Gilles la prit par la taille et lui sourit :

— Aie confiance, mon ange. Nous allons trouver une solution pour nous procurer de l'argent bakor… Au fait, poursuivit-il à l'adresse de Lanngor-Ngo, cela ne posera pas un problème que trois de nos soi-disant mercenaires ou fantassins soient des femmes ?

Le Magonien remua la tête, dubitatif :

— Mon maître sait que vous êtes en mission de surveillance ; je lui préciserai que vos compagnes sont des espionnes chargées de démasquer des déserteurs bakors cachés dans la région.

— C'est vraisemblable, admit Gilles. Tout à l'heure, nous retournerons dans la forêt, à l'est de Kohinra, afin de récupérer nos… bagages. Pourrons-nous trouver des chevaux… à crédit ?

— Je ne sais pas, mais auprès de l'aubergiste, c'est peut-être possible. Venez maintenant, gentes dames et messeigneurs…

Ils le suivirent et, se baissant pour franchir la porte basse et déboucher dans une grande salle voûtée, au sol carrelé couvert de sciure, meublée de nombreuses tables à l'épais plateau de chêne lustré par les ans. Quelques clients concentrèrent prudemment leur attention sur leur chopine de terre cuite ! A l'évidence, les Bakors n'étaient pas les bienvenus en ces lieux !

Bon commerçant, le rondelet petit aubergiste, son tablier bleu noué sur sa panse, accueillit ses nouveaux — et terribles — hôtes avec des courbettes :

— Ma demeure est la vôtre, gentils seigneurs… Si vous voulez bien me suivre, je vais vous montrer vos chambres… Euh… Soyez indulgents auprès de la servante Kriara ; elle est nouvelle et n'aura peut-être pas achevé de…

Gilles leva la main, dans un geste d'insouciance et fit mine de chercher ses mots :

— Pas… important, aubergeur. Nous… comprendre. Nous en… (il feignit encore de ne pas trouver le terme adéquat et baissa la voix) : Nous secret, mission observer compa… triotes bakors. Besoin… discrétion et bonne récompense à vous si satisfaits. OK ? Euh, d'accord ? corrigea-t-il.

L'aubergiste chuinta, confidentiel :

— Compris-d'accord, monseigneur !

— Pouvoir avoir chevaux dans une heure ?… (il montra ses mains ouvertes, un doigt baissé)… pour tous ici ?

— Neuf chevaux ? fit l'aubergiste en se grattant la tête. Euh... Je vais voir ce que je peux faire... Je vous accompagne à...

— Non. Nous monter tout seuls. C'est mieux, souffla le géomancien-analyste.

— Co... Comme vous voulez, accepta l'aubergiste, peu soucieux de contrarier ses redoutables clients, avant de retourner à ses fourneaux.

Précédés de Lanngor-Ngo, ils empruntèrent un escalier de bois aux vieilles marches creusées par l'usure, poussiéreuses, mais à la rampe également lustrée. Au premier étage, dans un long couloir, ils arrivèrent au moment où Vorenngha/Kriara, un balai et un seau à la main, sortait d'une chambre.

Elle portait une ample jupe grossière retenue à sa taille fine par un cordonnet et arborait une chemise blanche largement échancrée sur ses petits seins fermes (Alain tout au moins connaissait bien ce détail !). Elle tourna la tête, prévenue par son soi-disant géniteur, et abandonna ses instruments de ménage pour se réfugier dans les bras du géomancien :

— Je savais que la tradition ne mentait pas ! Toi et tes frères êtes revenus pour chasser l'usurpateur !

Elle s'interrompit, le temps d'un long baiser... puis donna l'accolade aux autres membres du Commando Alpha :

— Et tous vous embaumez les parfums magiques mentionnés par la tradition ! Comment avez-vous pu vous les procurer ?

— Ils ont été créés par l'une de mes amies, Joëlle Oldenbourg, répondit Régine. Mais c'est toute une histoire que nous te raconterons dès que nous en aurons le temps.

— Ton amie Joëlle doit être magicienne, sourit encore Vorenngha, car elle a marié des essences de fleurs très rares que l'on ne trouve, chez nous, qu'au jardin de Naaphtus.

Les Terriens cillèrent, incrédules :

— Tu as bien dit le « jardin de *Naaphtus* » ? répéta Régine. C'est fantastique : la marque de notre amie de Grasse est « Le Jardin de Nephtys ». A d'infimes variantes près, c'est la même appellation... Et ce jardin de Naaphtus, où est-il situé ?

— Dans le parc sacré, sur la butte, face au château royal, aujourd'hui investi hélas par l'usurpateur, Varouk-Mna.

— Bon, comme le disait Régine, nous aurons le temps plus tard de reparler de ces parfums, intervint Gilles Novak. Mais toi Voren... Kriara, qui viens du château, as-tu une idée du moyen de neutraliser l'usurpateur.

— C'est pratiquement impossible de l'abattre car le général Kahoun'Nlé et son état-major occupent le château, assurant ainsi sa protection.

La jeune femme fit une pause, réfléchit et hocha la tête :

— Je ne vois qu'un seul moyen pour arriver dans la place : Le souterrain !... Mais ce serait très dangereux...

Le journaliste l'observa et devina ses pensées :

— Tu es passé par-là, non ? Si ton plan a réussi une fois dans un sens, pourquoi ne marcherait-il pas dans l'autre ?

— C'est vrai ! s'écria Alain Le Kern, j'avais oublié ! L'an dernier, tu as eu un flash de voyance dramatique t'avertissant du coup d'État qui menaçait Alboerick le sage. Il était trop tard pour organiser la résistance mais, grâce à toi, le monarque et sa cour ont pu fuir par le souterrain et partir en exil. Ils ont atteint l'univers parallèle de la planète Dorlk et plus précisément Looum-Hohonga, le Village de l'Eternel Crépuscule dont le bourgmestre, Jarolnag, a fraternellement hébergé les exilés…

— Cette fois hélas, marmonna la jeune Magonienne, mes facultés de voyance ont été prises en défaut ; je n'ai rien perçu qui ait pu sauver notre bon roi et sa fille, mon amie d'enfance. Mais vous avez raison : aujourd'hui, nous pourrions accomplir le chemin inverse et déboucher près des écuries du château par le souterrain du jardin de Naaphtus. On l'appelle ainsi car c'est en son milieu que fut édifié jadis le temple de Naaphtus, l'envoyé d'Arl-Gatsha, le dieu tutélaire du peuple-fée. Le temple se dresse sur une butte, à deux cents mètres du château. La rivière Ryoungarar coule à ses pieds.

— Et ce souterrain, les Bakors ne l'auraient-ils pas découvert ? s'enquit le guérisseur alsacien.

— Non, Gérard. Ce matin encore je suis passée près du temple. Je n'ai vu aucun garde, dans le parc. Il faudra attendre la nuit, avant de tenter quoi que ce soit. Je vous guiderai…

— Quelle heure est-il ici, Kriara ? s'enquit Gilles Novak.

— Nous sommes au début de la matinée.

— D'accord, fit le journaliste, se souvenant du décalage horaire extrêmement variable entre un continuum et un autre. Mais pour nous, il est près de quatorze heures et notre estomac crie famine, sourit-il.

— Oh, dans ce cas, je vais vous préparer un petit déjeuner suffisamment copieux pour faire taire votre famine ! rit la jeune femme en effleurant les lèvres du géomancien avant de laisser ses amis venus de la Terre.

Les chambres, chichement éclairées par une petite

fenêtre, comportaient deux lits pour la plupart, mais à la taille des Magoniens, c'est-à-dire trop courts pour des humains. Une ou deux chaises fort rustiques, un coffre de bois et une table avec un récipient de faïence et un broc — tenant lieu de salle d'eau ! — complétaient l'ameublement, assez voisin de ce qu'était celui des Terriens du Moyen-Âge.

Soulevant le coussin d'un des sièges, Régine vit qu'il s'agissait d'une chaise percée ! Au même moment, dans sa propre chambre, Monique affichait une moue franchement dégoûtée :

— Il faudra prendre nos précautions avant de monter nous coucher car je n'ai pas l'intention d'utiliser ce genre de… d'archaïsme !

Gilles, par la fenêtre ouverte, montra à sa compagne un édicule dans la cour qu'ils avaient pris pour un appentis à outils :

— Les latrines du palace sont au fond de la cour.

— Vivement qu'ils inventent l'eau courante à tous les étages, grommela la photographe.

— Toutes ces commodités auxquelles nous sommes habitués sont inconnues pour les Magoniens, du moins pour le bon peuple, rappela Gilles. Cela ne peut donc pas lui manquer et il est heureux ainsi.

— Du moins en temps normal, fit remarquer Régine, lorsqu'il n'a pas à souffrir de l'occupation de son pays par des envahisseurs étrangers. Doorlinya nous l'a expliqué.

— Tu as entièrement raison. Quant à « l'intelligentsia », elle dispose quand même de certains privilèges technologiques, tels par exemple les translateurs et armes de résonance mis au point par les Woorlaans, avec lesquels le peuple-fée faisait du troc.

— Mais ils en ont été coupés, voici vingt-quatre ans, par la mise en eau du réservoir Seine, en forêt d'Orient, sur notre terre, intervint Monique Augeix qui venait de se glisser discrètement dans la chambre. Le sentier invisible de « la Mère Lusine », cette porte induite communiquant avec ce continuum, a été englouti et ni les Magoniens ni les Woorlaans n'ont pu trouver un nouveau passage, pour communiquer comme par le passé. Tu vois, Gilles, j'ai bien retenu ma leçon.

Le trio se mit à rire au moment où Gérard Ehret et Alain Le Kern les rejoignait.

— En revanche, acheva le banneret mettant la main sur l'arme le long de sa jambe, je me demande cependant si les translateurs-rayonneurs — dont celui-ci que j'ai trouvé accolé au fourreau du glaive de l'officier — sont un produit de la technologie bakor ou s'il s'agit d'armes importées d'ailleurs ?

Soudain, des cris, le bruit d'une chaise ou d'un tabouret renversés les mirent en alerte et ils se précipitèrent hors de la chambre. Elisheva et Jerry Fowler surgissaient au même instant de la leur. Le commando courut, le plus silencieusement possible, dans le couloir, pour s'arrêter au haut des marches surplombant la grande salle de l'auberge : les clients achevaient de déguerpir, laissant trois Bakors ivres — en uniforme, l'épée au côté mais sans casque — poursuivre une servante et Kriara/Vorenngha qui, pour leur échapper, tournaient autour d'une table. Les poivrots, hilares, finirent par saisir les jeunes femmes pour les coucher brutalement sur la table en jetant à terre, d'un revers de main, les gobelets abandonnés par les clients apeurés.

Gilles chuchota ses consignes et descendit, seul, l'escalier de bois. Il s'approcha silencieusement du trio bakor, trop occupé à lutiner les servantes, pour l'avoir remarqué. Il dégaina son glaive, le leva et en appliqua un rude coup du plat de la lame sur la nuque de deux des poivrots qui s'écroulèrent. Le troisième, enfin conscient que quelque chose ne toumait pas rond, fit volte-face en titubant. Un direct de la dextre qui tenait le glaive le cueillit et l'envoya valser contre une chaise qui se brisa. Il resta affalé dans la sciure répandue par terre. La servante et Vorenngha, délivrées de leurs agresseurs, remirent prestement en ordre leur tenue, en remerciant avec émotion cet « officier bakor », moins soudard que ces trois voyous. Vorenngha/Kriara jouait le jeu et faisait chorus avec sa camarade, ne voulant pas trahir ses amis, et révéler leur véritable origine.

— Va, Louania, retourne à la cuisine et achève de préparer le déjeuner de ces gentils seigneurs, conseilla-t-elle.

Puis s'adressant à Gilles lorsque la servante se fut éloignée :

— Dépêchons-nous de nous débarrasser de ces chiens ! La trappe de la cave est là, derrière la table longue où sont rangés les pichets, les gobelets et les tonnelets de vins.

Les compagnons de Gilles qui étaient descendus empoignèrent les trois soudards sous les aisselles et par les pieds. Vorrengha souleva une trappe. Un escalier de bois apparaissait en-dessous. La jeune Magonienne attrapa une bougie, l'alluma et précéda les porteurs dans l'escalier. En bas, ils allongèrent les gardes inertes sur le sol humide. Puis elle conseilla :

— Déshabillons-les afin de récupérer leurs uniformes et leurs armes.

Ils s'empressèrent de les dévêtir. L'un d'eux se mit à

gémir. Il semblait sur le point de reprendre conscience. Vorenngha lui administra un formidable coup de poignée de glaive sur le crâne.

— Je crois, ma douce, ironisa Alain Le Kern, que celui-ci n'aura plus mal à la tête !

— Les autres non plus, fit l'artiste peintre toulousaine imitant la Magonienne et serrant les dents pour abattre le plat de la lame sur la nuque des deux Bakors restants. Neutralisés, les violeurs ! Les Chevaliers de Lumière n'ont pas de pitié pour ceux qui violentent les plus faibles.

Vorenngha la gratifia d'un sourire amical :

— Que n'ont-ils pas existé des siècles plus tôt, ces justiciers impitoyables, du temps où sur votre planète sévissaient, par exemple, les sadiques de l'Inquisition ou les milices hitlériennes !

— Qui sait si certains précurseurs n'agissaient pas alors permettant de limiter ces sinistres forfaits ? suggéra Gilles Novak. Mais nos trois présents lascars, tu crois qu'il est prudent de les laisser là ? La cache n'est pas vraiment sûre.

— Non, suivez-moi au fond de la cave ; il faut déplacer un vieux fût pour dégager une autre trappe. Venez m'aider…

Rapidement, le fût en question, à demi défoncé, vermoulu, fut déplacé, et la trappe poussiéreuse soulevée : quatre mètres plus bas, on entendait couler de l'eau. Et en se penchant, on pouvait subtilement distinguer quelques reflets irisés à la lumière de la bougie dansante.

— C'est la rivière qui traverse votre parc de *Nigloland*. Elle coule ici, indiqua Vorenngha. J'ignore son nom, dans votre pays…

— Le Landion, fit Gérard Ehret.

— Chez nous, son nom est au féminin comme toutes nos rivières, car on dit que des esprits féminins les habitent. Celle-ci, c'est la Ryoungarar, ce qui veut dire « rivière du Garar ».

— Et qu'est-ce que le Garar ? demanda Alain le Kern.

— Une sorte de dragon féminin, un peu comme votre Vouivre, mi-femme, mi-serpent, expliqua Magonienne.

— Ou notre Mélusine, compléta le directeur de *LEM*. Ce qui rappelle encore une fois votre « Passage de la Mère Lusine » qui servait de porte entre nos deux dimensions et qui est aujourd'hui englouti.

— C'est vrai. Mais maintenant hâtons-nous. Balançons les Bakors dans ce puits. Ainsi ils seront entraînés vers la grande rivière Bashga, c'est à dire l'Aube, selon votre toponymie. Vous savez que nos mondes respectifs, chacun dans son continuum, sont assez similaires, géographiquement.

— Nous le savons, confirma Gilles Novak.

— Donc sur Terre, le Landion suit à peu près le même tracé que la Ryoungarar. Après avoir traversé le grand parc d'attractions de *Nigloland*, ce cours d'eau coule vers l'est et s'éloigne du village de ton ami Michel Avenol, Gilles, le bourgmestre de Dolancourt.

— Le maire, rectifia l'interpellé en tirant l'un des gardes par un pied jusqu'au puits où il le fit basculer.

Les deux autres suivirent le même chemin puis la trappe fut refermée et le vieux fût remis en place.

— A ce régime, nota Alain, pince-sans-rire, les truites de cette rivière seront plus grosses encore que celles de *Nigloland*, gavées au pop-corn lancé par les gamins !

Et après s'être frotté les mains et le ventre, il lança :

— Bien, si nous allions nous restaurer, maintenant ?

— Tu es écœurant ! protesta Monique Augeix.

— Rassure-toi, plaisanta la jeune Magonienne. Cette auberge n'a jamais servi à ses clients de la « barbaque » de Bakors ! En revanche, vous apprécierez, j'en suis sûre, le jambon d'ours, les côtes de mouton, les œufs de cane, arrosés d'un excellent vin de notre terroir.

— Du vin au petit déjeuner ? fit Elisheva, approuvée par Régine et Monique. Je préfèrerais du café ou du thé…

— Les « plantes à infusion » de votre dimension sont inconnues chez nous, s'excusa la Magonienne. Doorlinya m'a dit y avoir goûté, lors d'un séjour sur votre Terre. Mais ceux qui ne voudront pas de vin pourront boire de la bière…

Devant la mine déconfite des trois jeunes terriennes, elle ajouta :

— Ou du lait chaud…

*

* *

Vers onze heures du matin, restaurés, les membres du Commando Alpha se retrouvèrent dans la cour de l'auberge. Ils prirent possession des neuf chevaux que Maître Herlraor, l'aubergiste, avait pu leur procurer… à crédit ! Retenu à ses fourneaux, Lanngor-Ngo, à regret, avait dû laisser sa pseudo-fille servir de guide aux Chevaliers de Lumière. Adoptée sans difficulté comme nouveau membre du groupe, la belle Vorenngha (mal fagotée dans la courte tunique d'uniforme d'un des trois fantassins engraissant présentement les truites du Landion !) fut prise en amazone par Alain Le Kern, qui conseilla :

— Chérie, remonte tes cheveux blonds sous ton

casque ! Et fais bouffer un peu ta tunique afin qu'on ne voit pas tes rondeurs… Je ne voudrais pas qu'on s'imagine que j'ai des mœurs spéciales, à trimbaler un si joli soldat sur ma monture !

— C'est pourtant assez bien vu, dans l'entourage du général Kahoun-Nlé, pouffa-t-elle. Ce gros porc a transformé en lupanar pour mignons ses appartements dans l'aile gauche du château. Et ce traître de Varouk-Mna accepte de lui livrer régulièrement des petits Magoniens.

— Un peu de patience, ma douce, nous aurons sûrement l'occasion un jour de lui tirer les…

— Voyons, Alain, surveille ton langage, reprocha-t-elle en contenant son envie de rire.

— … de lui tirer les oreilles ! C'est ce que j'aurais dit, si tu ne m'avais pas interrompu aussi cavalièrement.

Amusé, Gilles Novak considéra le couple et s'adressa à son ami géomancien :

— Cavalièrement… cela me rappelle que nous sommes à cheval et que nous attendons ton bon plaisir pour prendre la tête de la troupe. Vorenngha connaît la capitale. Demande-lui le plus court chemin pour gagner la forêt du Temple.

— Bien, dit la jeune femme. Alors tu sors à gauche et au bout de la rue, tu tournes à droite puis ensuite à…

— Ouh la la ! Ne m'embrouille pas. Guide-moi plutôt au fur et à mesure…

Elle obtempéra. Mais dès le premier tournant, elle lui donna un petit baiser… qui allait bien involontairement leur valoir quelques désagréments. En effet, un lourd cavalier bakor venait vers eux, ondulant du croupion sur sa monture et coulant un regard de velours à ce jeune militaire ravissant montant en amazone et embrassant

— même fugitivement — ce beau mâle sans complexe ! Au passage, il salua et glissa quelques mots à mi-voix à Alain qui, sans se compromettre, se borna à répondre par un sourire.

En revanche, le soldat Vorenngha, lui adressa la parole, en forçant un peu sur les graves, tout en lui faisant des yeux de biche. Le cavalier très « gacheuse » opina. Il laissa passer toute la colonne et tourna bride. Tournant la tête, Gilles Novak, inquiet, le vit se mettre à suivre, tout guilleret, la patrouille cependant que la jeune Magonienne chuchotait :

— Alain, mon cœur, fait trotter plus vite ton cheval. J'ai dit à ce mignon que nous allions batifoler dans la forêt et qu'il serait le bienvenu.

— Charmante initiative, approuva Gilles Novak qui s'était approché pour s'informer. On va lui faire des gâteries tout plein.

Ayant pris des repères, ils retrouvèrent sans trop de mal le sentier de la forêt du Temple où, sous des brassées de fougères, se dissimulaient les deux voitures. Attachant les chevaux aux arbres les plus proches, Gilles et ses compagnons — à l'exception d'Alain et Vorenngha — semblèrent oublier un instant le Bakor qui n'avait d'yeux que pour cet éphèbe à la voix un peu aiguë.

Le géomancien fit un clin d'œil égrillard au Bakor épiant le « mignon soldat ». Le géomancien tenant Vorrengha par la main entraîna le soudard vers un taillis. Parvenu là, la jeune fille, tournant le dos au Bakor, se mit à ôter ses braies sous sa tunique. Alain prononça alors la courte phrase que son « mignon » venait de lui apprendre :

— *Kellner hoosnahenn, ivo ?* (Ce qui, comme chacun sait, veut dire « Belle croupe, non ? », en bakor).

L'autre devait partager cet avis puisqu'il ne parvenait pas à détacher ses yeux de ce strip-tease en règle. Langue pendante, le souffle accéléré, le fantassin s'approcha le regard rivé sur la chute de rein du jeune soldat. Soudain il s'arrêta pile et l'horreur se peignit sur ses traits : le « mignon soldat » venait de se retourner pour lui montrer son gracieux côté face de femme. Cette vision « répugnante » fut celle qu'il emporta au ciel bakor lorsque le plat du glaive d'Alain s'abattit sur sa nuque, le tuant net sans répandre son sang ! Illico dépouillé de son uniforme et de son arme, il fut traîné dans la forêt jusqu'au marécage où les fantassins de la première patrouille l'avaient précédé ! Lesté d'une lourde pierre, le cadavre souleva une double gerbe d'eau putride et s'enfonça lentement…

— Et un canasson de plus ! jubila le géomancien en aidant galamment la jeune Magonienne à remettre les braies qu'elle avait enlevées pour jouer les « homos »… côté pile !

Le cheval supplémentaire offert par le soldat bakor allait leur servir à porter les sacs tyroliens récupérés dans le coffre de leurs voitures. Ils galopèrent dans la forêt et retrouvèrent sans difficulté la route de la capitale. Encore loin devant eux chevauchaient d'autres cavaliers progressant au pas. A mesure qu'ils se rapprochaient, les Chevaliers de Lumière voyaient que les cavaliers entouraient un char à bœufs. Un groupe de cinq ou six soudards suivait le véhicule et un autre de force équivalente le précédait. Le chariot transportait une sorte de grande caisse.

— Nous allons les rattraper et les distancer sans peine, fit Gilles. On les salue d'un geste de la main sans s'arrêter. OK ?

Ils s'arrêtèrent néanmoins ! Car ayant subrepticement

tourné la tête vers la « caisse » en la dépassant, les membres du Commando Alpha restèrent effarés, cloués…

La grande caisse chargée sur le char à bœufs était en réalité une cage. Une cage en bois contenant cinq enfants de dix à treize ou quatorze ans environ, écrasés les uns contre les autres. Agrippés aux barreaux, pleurant, sanglotant, ils faisaient pitié à voir…

— Qu'ont-ils pu faire pour être ainsi arrêtés ? s'indigna Régine à haute voix sans se soucier d'être démasquée.

— Rien. Ils ont été enlevés à leur famille pour être conduits au château où ils seront baignés, parfumés et livrés à ce porc de Kahoun-Nlé ! expliqua Vorrengha, révoltée.

— Pas de quartier ! gronda Gilles en sortant l'arme de résonance de l'étui parallèle au fourreau du glaive.

En tête du convoi, le faisceau d'ultrasons, dirigé au niveau du cœur des cavaliers, figea les cinq premiers Bakors qui n'avaient pas eu le temps de comprendre. Ils dégringolèrent lourdement de leurs montures. En queue, Jerry Fowler, Gérard Ehret et les trois jeunes terriennes, glaive au clair, fonçaient sur les autres : médusés par cette agression de la part de « compatriotes », les soudards n'eurent pas le temps de riposter. En une seconde, cinq s'immobilisèrent transpercés sur leur selle. Le sixième fut décapité par Gérard Ehret qui, d'un geste venait de sortir son arme du corps de sa première victime, pour la faire fouetter l'air en direction du cou de la seconde. Les Chevaliers et Chevalières retirèrent leurs épées des poitrines de leurs victimes. Lentement les corps s'affaissèrent sur l'encolure de leurs montures, puis tombèrent à terre. Ils mordirent la poussière, sous les yeux des enfants, doutant de leurs sens, se demandant si, vraiment, ces nouveaux cavaliers bakors allaient les sauver !

Sans demander son reste, le petit homme qui conduisait le char à bœufs sauta à terre et s'enfuit dans la campagne. Alain le Kern fit mine de le poursuivre, mais Vorrengha l'arrêta.

— C'est un Magonien. Il a sans doute été forcé par les Bakors de mener ce sinistre chargement sur son chariot réquisitionné.

Gilles Novak amena sa monture à la hauteur de la jeune Magonienne. Il s'entretint un moment avec elle. Celle-ci inclina affirmativement la tête et alla parler aux enfants tandis que le reste du Commando Alpha se hâtait de dévêtir les cinq Bakors atteints par le flux d'ultrasons : tuniques, braies d'uniforme, ceinturons et glaives furent confisqués. Sur les autres, mortellement blessés par les armes blanches, ils ne récupérèrent que leur ceinturon et leur glaive, les tuniques étant déchirées et ensanglantées.

Gilles remarqua immédiatement que l'un des ceinturons saisis portait une bourse attachée par un cordonnet de cuir et le fourreau du glaive se doublait cette fois encore de l'étui d'une arme ultrasonique.

— Il y a un petit vallon, à droite, appelé « La font aux loups », indiqua la jeune Magonienne. Laissez-y ces charognes. A la nuit tombée, les loups se chargeront de les faire disparaître ; au moins en partie !

Ils traînèrent les cadavres vers la forêt. Enfin, s'étant acquittés de cette corvée, Gilles et ses amis retournèrent auprès de Vorenngha et des enfants, libérés de la sinistre cage. Certains pleuraient encore. La jeune femme les rassurait de son mieux, leur expliquant que délivrés de ces maudits Bakors, ils pouvaient retourner dans leurs familles.

Le char à bœufs, soulagé de la caisse, fut tiré vers un sentier et les gamins y grimpèrent. L'aîné se chargea de prendre une badine pour faire avancer les bovins.

— Allez, regagnez vite votre village et vos fermes et dites à vos parents que la tyrannie de Kahoun-Nlé va bientôt finir avec lui grâce aux Chevaliers de Lumière !

CHAPITRE V

La nuit était tombée sur Kohinra. Après une après-midi de repos à l'auberge, les Chevaliers de Lumière équipaient leurs montures. Chacun accrocha un sac de toile au pommeau de sa selle. Enfin, le plus silencieusement possible, ils quittèrent l'auberge, guidés, cette fois, par Vorenngha et Lanngor-Ngo. Sans échanger la moindre parole, ils s'engagèrent dans les rues quasi désertes en soirée depuis l'occupation de la capitale par les Bakors.

Pour ne point attirer l'attention, les chevaux avançaient au pas, leurs sabots enveloppés dans des chiffons. Sans grand danger, leur poids fit sourdement résonner le tablier du petit pont de bois qui enjambait la Ryoungarar. Le cours d'eau, tumultueux (alors qu'il ne l'était pas à Dolancourt, ni au parc d'attractions de *Nigloland*) coulait entre deux quartiers de Kohinra : à l'ouest, la butte supportant le massif château fort, appelé parfois le palais royal, et à l'est, le tertre du temple de Naaphtus au milieu de son jardin parfumé. Près de trois cents mètres séparaient le sommet des deux collines aux flancs garnis jusqu'à mi-hauteur de villas, de pavillons à colonnades, aux patios décorés de statues, luxe et privilèges attachés aux demeures patriciennes magoniennes.

Dans le jardin de l'une des villas, deux jeunes femmes s'affairaient encore à cette heure tardive. Au bruit des sabots, elles s'arrêtèrent. Voyant monter silencieusement une troupe de cavaliers fantômatiques qu'elles prirent tout naturellement pour des Bakors, elles réintégrèrent précipitamment leur demeure, appréhendant les excès habituels de la soldatesque ennemie.

Sur le sommet du tertre, aplani, on découvrait un vaste et beau jardin au centre duquel s'élevait le temple de Naaphtus, curieusement ovoïde. D'énormes arcs-boutants étayaient sa courbe percée de baies rondes alignées sur deux niveaux.

Arrivé devant l'imposant édifice, le groupe s'arrêta pour l'admirer :

— On accède à l'intérieur par des marches le long des arches qui le soutiennent, indiqua Lanngor-Ngo, en se remettant en route.

Le bâtiment, haut d'une bonne quarantaine de mètres, au diamètre d'environ trente mètres, intriguait les Terriens. Découpé sur la pleine lune, il ressemblait étrangement à un vaisseau spatial sur ses étançons d'atterrissage. Du moins à l'un des types de vaisseaux d'usage courant chez nombre d'espèces de la confédération interstellaire, au sein de laquelle l'Ordre Cosmique des Chevaliers de Lumière avait vu le jour. Etait-ce une coïncidence si le temple de l'envoyé d'Arl-Gatsha, le vieux « dieu des origines » de Magonia (un dieu évidemment venu du ciel !) ressemblait à un astronef ? Etait-ce pur hasard si, sur la Terre, diverses religions situaient dans le ciel ou « près » du ciel le « paradis », le séjour des Bienheureux, l'Olympe et ses dieux, ou encore les « dragons » et chars volants d'innombrables traditions protohistoriques ? Sur ce monde tout comme sur le nôtre, traditions et légendes à connotations mystiques avaient précédé l'Histoire et mué de très lointains visiteurs « célestes » en dieux ou messagers divins. Rien de nouveau sous les soleils... Fussent-ils hors de nos dimensions et éclairant les innombrables mondes des univers tangentiels.

Gilles Novak ne manqua pas de s'étonner en constatant que les effluves parfumés de ce jardin semblaient se concentrer surtout autour du temple lui-même et non dans les massifs de fleurs. Il ne fut pas le seul à le remarquer, ni à regretter de n'avoir point le temps de visiter l'édifice sacré. Il fallait accomplir d'abord la mission qu'ils s'étaient fixée ; une mission en deux temps, selon le plan conçu par le journaliste.

D'un geste, Vorenngha arrêta la petite troupe. Seule détentrice du secret du passage, la rousse Magonienne descendit de cheval et le confia à Alain. Elle marcha vers le socle pyramidal, dégradé, usé par les intempéries, supportant la statue parfaitement anthropomorphe de l'émissaire d'Arl-Gatsha. Le beau Naaphtus, vénéré par le peuple-fée, dressait sa carrure d'hercule, ses longs cheveux flottant dans le vent, sa tunique plaquée sur son torse, ses cuisses puissantes. Seule, la femme-fée alla se placer devant la face de la pyramide correspondant à l'Orient et inclina le buste afin de poser ses mains sur les deux arêtes, l'une un peu plus haute que l'autre. Et elle se mit à entonner doucement l'un de ces chants magiques dont les fées initiées connaissaient le secret, ces « Chants de Passage » qui ouvraient des sentiers invisibles aboutissant à d'autres mondes.

Ici pourtant, ce chant, faiblement modulé par mesure de prudence ne donnerait pas accès à un sentier invisible. Telles les vibrations du fameux « Sésame, ouvre-toi », il actionnerait un mécanisme magique — nous dirions électronique, basé sur des fréquences déterminées — qui révélerait l'entrée du souterrain connu des seuls intimes du souverain capturé.

Entraînant la jeune femme, le socle pyramidal pivota lentement avec un faible ronronnement, et démasqua l'amorce d'un plan incliné de deux mètres de large. Vorenngha contourna le socle et rejoignit ses amis. Remontant en selle, courbée sur l'encolure du cheval, elle le fit descendre le long de la surface déclive, suivie par les membres du Commando Alpha.

— Tu peux allumer ta lampe, Gilles.

Dissipant les ténèbres du spacieux souterrain (plus exactement un tunnel où l'on pouvait cheminer courbé sur les montures), le faisceau de lumière montra la Magonienne en train de scruter le mur de pierres étroitement jointées. Elle identifia celle qu'il convenait de pousser et, derrière eux, au sommet du passage, le socle pivota en sens inverse, refermant l'entrée secrète.

Sur un socle fiché dans le mur, Vorenngha attrapa une torche de résine et l'alluma, imitée par Lanngor-Ngo qui se plaça en arrière-garde. La cohorte se remit en marche. Gilles avait éteint sa lampe, afin d'économiser les piles et les deux flambeaux dessinaient sur les murs leurs ombres mouvantes. Au bout d'une bonne centaine de mètres, sur une ligne droite pentue, la jeune femme prévint l'escorte :

— Nous allons continuer de descendre en pente douce et atteindre le milieu de ce tunnel. A cet endroit, nous passerons exactement sous le lit de la rivière Ryoungarar. Là, les infiltrations ne sont pas rares, malgré les drains prévus pour évacuer l'eau. Alors il faudra aller plus lentement, afin de ne pas glisser ou de ne pas voir les sabots éclabousser nos uniformes. Passé cette zone d'infiltration, nous pourrons reprendre notre allure.

Le tronçon boueux dépassé, les cavaliers trottèrent sur cent cinquante mètres encore. A gauche et à droite, vers le haut des murs, près de la voûte du tunnel, ils remarquèrent des sortes de niches où un homme aurait pu facilement se cacher. Ils firent halte un peu plus loin, à l'amorce d'un nouveau plan incliné analogue à celui déjà emprunté. Les chevaux attachés à des anneaux scellés dans la muraille, les torches de résine éteintes, les lampes électriques prirent le relais et chacun s'empara du sac de toile attaché au pommeau de sa selle. Vorenngha ne tarda pas à identifier la pierre mobile : ce ne fut pas le socle d'une statue qui pivota, cette fois, mais un pan de mur, dans le fenil jouxtant les écuries du château.

L'agréable odeur de fourrage détermina Gilles à chuchoter cette remarque, mi-sérieuse, mi-ironique :

— Eternuements interdits ! J'espère que personne n'est allergique et sujet au rhume des foins.

Sortis du fenil après s'être assurés que la cour était libre, ils longèrent les écuries où l'on entendait parfois le piaffement de l'un des très nombreux chevaux tandis que d'autres soufflaient des naseaux. Sous la conduite de Lanngor-Ngo, ils pressèrent le pas pour contourner la massive tour d'angle ouest et ralentirent. Ils se regroupèrent devant une porte de bois très ordinaire.

— Les cuisines, chuchota l'ex-maître queux royal.

Il savait par expérience qu'elle ne serait pas fermée à clé. En outre, à cette heure de la nuit, le personnel devait avoir regagné les dépendances. Veillant à ne rien heurter — que d'ustensiles bruyants ne trouve-t-on pas dans des cuisines aussi immenses ? — les intrus furent enfin dans la place. Ils empruntèrent un long couloir qui les amena dans un vestibule proche de l'entrée, à gauche, avec à droite l'amorce d'un escalier à vis. Silencieux, ils gravirent les marches et se courbèrent, près du palier, plaqués contre le mur, pour observer les deux gardes armés de glaives et de cylindres rayonneurs d'ultrasons.

Employant le même type d'arme, Gilles et Alain visèrent leur poitrine, le cœur en particulier et en quelques fractions de secondes, les deux Bakors titubèrent, ouvrant la bouche pour crier. Aucun son n'en sortit ! Ils commencèrent à s'affaisser sur leurs jambes. Le Commando Alpha se précipita. Et avant que les vigiles aient touché terre, Gilles et Régine d'une part, et Alain et Monique d'autre part, les avaient attrapé sous les aisselles pour arrêter leur chute, les déposer doucement sur le sol et ainsi éviter toute sorte de bruit malencontreux.

Les deux Bakors furent aussitôt désarmés. Leurs tubes infrasoniques échurent à Régine et Monique Augeix ; les trois derniers membres du Commando Alpha devant se contenter, pour l'instant, des armes blanches. Puis sur l'indication muette de Vorrengha, les gardes furent traînés silencieusement sur le sol et cachés derrière une lourde tenture.

La petite troupe se remit à gravir les marches d'un imposant escalier et se retrouvèrent dans un long couloir décoré de nombreux trophées et autres peintures et tapisseries murales. Un opportun tapis — certes rustique — étouffait bien des bruits. Bientôt, les membres du Com mando parvinrent au terme du couloir. Deux autres factionnaires n'eurent pas le temps de voir leur fatal destin fondre sur eux.

— La chambre de Kahoun-Nlé ? demanda à voix très basse Gilles à Vorrengha.

Elle acquiesça d'un signe de tête.

Très lentement, Gilles pressa la poignée. Il poussa le battant de la porte qui grinça légèrement. Emanant de l'intérieur, une sorte de bruit de moteur couvrit ce son. A pas lents, les Terriens pénétrèrent dans la chambre du général qui ronflait, engendrant ainsi ce ronronnement bruyant. Dans la pâle clarté de la lune, d'une part, et le rai de lumière provenant du couloir, d'autre part, Gilles et ses amis découvrirent un spectacle affligeant : dans son grand lit, l'officier supérieur dormait, entouré de deux enfants d'une dizaine d'années, nus, attachés par le cou avec une chaîne fixée à l'un des piliers du baldaquin. Les malheureux avaient un sommeil agité, gémissant parfois.

D'un mouvement de tête, Gilles donna le feu vert à sa compagne et à l'artiste peintre : les deux jeunes femmes se glissèrent vers les gamins, prêtes à les empêcher de crier le cas échéant tandis que le journaliste et ses amis, glaive en main, en appuyaient la pointe sur le corps mafflu de l'abominable personnage. Le banneret des Chevaliers de Lumière posa l'extrémité effilée de son poignard sur le cou du général qui s'éveilla en sursaut, faisant légèrement pénétrer la pointe dans sa gorge. Alain lui assena un formidable coup de poing, en « marteau pilon », qui lui fit éclater les lèvres et transforma ses cris en gémissements. Simultanément, Régine et Monique Augeix rompaient les chaînes des enfants, terrorisés. Vorenngha les rassura cependant que Lanngor-Ngo jouait les traducteurs auprès du général :

— Ecoute bien, gros porc : je suis l'interprète de ce commando. Te dire qu'ils ne plaisantent pas et qu'ils ont horreur de perdre du temps est au-dessous de la vérité. Et, comme moi-même je déteste répéter ce que j'ai dit…

Il imita Alain et abattit son poing sur les lèvres déjà tuméfiées, sanguinolentes :

— … tu aurais intérêt à coopérer gentiment.

Le pédophile tremblait de terreur tout en crachant de temps à autre une dent par-ci, un chicot par-là.

— Première question : où est le trésorier-payeur de ton armée et où cache-t-il les fonds ? Je vais compter jusqu'à trois et si à trois tu n'as pas répondu, tu encaisses. Et je te garantis que ce que tu recevras n'ira pas au Trésorier des Camps & Armées, selon notre terminologie qui ne correspond pas forcément à la vôtre.

Sonné, la bouche en sang, le pédophile obéit sans retard : le « payeur » logeait près de ses coffres, au second étage de cette même tour ouest.

S'il avait l'intention de faire la grasse matinée, ses projets allaient être contrariés…

Les deux enfants délivrés, rhabillés de leurs modestes braies et chemise bouffante, regardaient avec une rage mal contenue cet être abject qui les avait souillés. Vorenngha entoura de ses bras leurs épaules et leur parla à l'oreille. Ils firent oui de la tête, avec empressement et pouffèrent, en recevant un poignard dans sa gaine qu'ils passèrent au cordonnet leur tenant lieu de ceinture. Gilles saisit l'officier supérieur par les cheveux et le jeta au bas du lit, l'aidant à se relever à coups de pied dans les côtes tandis que l'ex cuisinier du roi traduisait :

— Tu vas t'habiller en vitesse et sans crier, sans ça,

nous te bâillonnerons d'abord et t'attacherons ensuite. Puis, tu seras livré à ces deux enfants que tu as violés. N'étant pas devin, j'ignore ce qu'ils te trancheront en premier, avec leur poignard.

Le « gros porc » se rua sur son justaucorps d'uniforme violet et ses chausses et, dans sa hâte, il enfila par-dessus mais à l'envers la courte tunique noire. Il voulut la mettre à l'endroit mais Elisheva lui arracha un couinement en piquant ses fesses avec la pointe de son glaive. Alain Le Kern et Jerry Fowler lui lièrent les poignets dans le dos à l'aide du cordon d'une tenture, avant de passer autour de son cou l'une des longues chaînes de ses victimes.

Les deux enfants — ravis — reçurent pour mission de la tenir solidement, sans trop la tirer par à-coups, ce qui eût étranglé prématurément ce précieux otage.

Alertés par les quelques bruits, deux gardes se pointèrent à la porte pour s'enquérir de ce qui se passait. Gérard Ehret et Jerry Fowler ouvrirent d'un coup les deux battants, alors que Gilles et Alain se plaçaient de face, tubes infrasoniques en main. Les deux Bakors restèrent bouche bée, figés sur place par le rayon. Ils basculèrent dans les bras de l'Alsacien et de l'Américain.

A l'étage au-dessus, un groupe plus nombreux de sentinelles montait la garde près du trésor. Les soldats furent supprimés sans bruit.

— Il vous faut absolument de telles armes, dit Gilles Novak à Vorrengha. Avec leur efficacité et leur discrétion, vous n'aurez plus à craindre d'intrusion.

Dormant effectivement à côté de ses coffres, le payeur des armées d'occupation fut réveillé sans douceur. Bâillonné d'une poigne ferme par l'Américain, il battit des cils — qu'il avait longs et lustrés — et poussa un cri aigu à la vue de son chef en si piteux état. A l'évidence, le payeur était une « payeuse », appartenant au corps très spécial des mignons du généralissime Kahoun-Nlé. Quelques gifles un peu appuyées suffirent pour qu'il ouvre, sans tergiverser, les lourds coffres de fer cloutés alignés contre le mur de la pièce voisine. Ils étaient emplis à ras bord pour la plupart de lemkao (pièces d'or et d'argent bakor) et de vlaarenn, monnaie également d'or et d'argent mais de Magonia.

Gilles remua la tête, contrarié :

— Ce trésor est bien trop lourd. Il va nous encombrer, pour l'instant. Nous reviendrons le récupérer quand nous aurons achevé les diverses phases de notre plan.

— Oui, et à ce moment-là, nous aurons des porteurs à ne plus savoir qu'en faire, ironisa Gérard Ehret.

Lanngor-Ngo se tourna vers le mignon payeur, tout menu et fofolle en diable et lui dit quelques mots. Le voyant hésiter, l'ex-cuisinier royal lui décocha une monumentale gifle qui lui fit pousser un nouveau piaillement aigu.

Lanngor-Ngo réitéra sa demande à voix haute :

— Allez, gros porc, conduis-nous à la salle d'armes et gare à tes fesses et à leur « voisinage inférieur » si tu ameutes les populations.

Une pluie de baffes judicieusement réparties acheva de décider les deux Bakors et ils se mirent en marche. Parvenu en bas des marches, le général désigna du menton une porte à ogive : la salle des gardes. La porte fut ouverte le plus silencieusement possible. Mais le payeur se laissa volontairement tomber, créant un bruit suffisant pour éveiller les dix hommes de quart.

Les gardes bondirent. Quatre étaient armés de rayonneurs infrasoniques, les autres de leur glaive, puis ils ouvrirent démesurément leurs yeux. Gilles avait attrapé à la gorge Kahoun-Nlé et maintenait la point de son poignard enfoncé dans son cou. Les soldats se mirent au garde-à-vous. Dans ce gradé à la figure en sang et tenu en laisse par un enfant, ils venaient de reconnaître leur généralissime Kahoun-Nlé, passablement amoché...

— Silence et obéissez-leur ! Pas d'excès de zèle, chuchota ce dernier. Ma vie en dépend et la vôtre aussi. Déposez vos armes et apportez ici tous les rayonneurs de l'arsenal ! Vite.

Lanngor-Ngo confirma à ses amis que leurs ordres avaient été correctement transmis. De fait, au bout d'un moment, les six Bakors revinrent avec, sur les bras, des piles d'étuis renfermant chacun l'une de ces armes redoutables, capables de « cuire » en quelques secondes les viscères aussi aisément qu'un four à micro-ondes !

Prenant fort à cœur son rôle de résistant, l'ex-cuisinier royal interrogea les gardes aux bras chargés, et renseigna le Terrien :

— La relève ne s'effectuera pas avant une heure. C'est amplement suffisant... On peut y aller...

Ils descendirent sans bruit les marches usées de l'escalier à vis conduisant aux geôles. Le seul garde posté à l'entrée du corridor sombre faillit s'évanouir en reconnaissant, lui aussi, le généralissime abîmé. D'une voix chuintante en raison de ses dents manquantes et de ses lèvres tuméfiées, Kahoun-Nlé donna un ordre bref et le garde se dépêcha de l'exécuter, ouvrant l'une après l'autre les cellules.

On entendit des bruits de gorge, quelques gémissements et des Magoniens des deux sexes réveillés par cette animation, commencèrent à sortir, inquiets, appréhendant le pire en pleine nuit, puis tiquant d'incrédulité en découvrant le spectacle.

Avant qu'ils ne manifestent trop bruyamment leur joie, Vorrengha les pria de remettre à plus tard les grandes effusions. La voix de Lanngor-Ngo lança une courte phrase, sur un ton de commandement et les dix gardes se mirent contre le mur : ils offraient gentiment aux captifs délivrés — des gardes et des dignitaires fidèles au roi renversé — les rayonneurs aimablement mis à leur disposition. Pendant ce temps, le garde-chiourme, lui, continuait d'ouvrir les cellules et à la dernière, il se hâta de battre en retraite, comme si, d'expérience, il savait que le ou les prisonniers enfermés là étaient particulièrement dangereux.

Les membres du Commando Alpha, interloqués, s'approchèrent pour regarder à l'intérieur de la geôle sombre. Puis débordant de joie, ils virent alors s'avancer… Daniel Huguet, suivi de près par Doorlinya, tous les deux nus, sales et leur corps montrant quelques traces de coups et d'égratignures diverses.

Tout aussi médusé, l'hypnotiseur, ne put retenir un « Oh putain, les frangins ! » Il prit sa compagne par la main et se précipita à leur rencontre. Les retrouvailles émues, accompagnées d'accolades fraternelles, tentaient de rester aussi silencieuses que possible. Doorlinya avait les larmes aux yeux en retrouvant son amie Vorrengha saine et sauve. Soudain le Méridional les interrompit en reconnaissant le garde-chiourme qui tentait de se cacher derrière ses dix collègues transformés en distributeurs d'armes. Il bondit, le saisit par les oreilles, lui abaissa vivement la tête et le buste cependant que son genou, non moins vivement remonté, venait à la rencontre d'un appendice nasal et d'une bouche immanquables. Le garde-chiourme beugla et se releva, s'appuyant d'une main au mur, mais Daniel, furieux, lança son pied qui l'atteignit à un très mauvais endroit. Beuglant de plus belle, le Bakor se courba en deux pour s'affaisser par terre, nuque brisée.

— J'ai pas pu me retenir, s'exclama l'hypnotiseur.

— Il t'aurait déplu que cela ne m'étonnerait pas, mon vieux Daniel, gloussa Alain Le Kern.

— Ça oui. Il m'a déplu et plusieurs fois ! Ce cloporte pourri avait les mains plus que baladeuses et ça déplaisait à Doorlinya autant qu'à moi-même. Je lui avais dit qu'un jour, je transformerais sa tête en compteur à gaz, et, malgré la traduction de ma princesse, il n'a pas eu l'air de comprendre.

— Faut dire que le gaz, les Bakors ne doivent pas savoir ce que c'est, rigola le banneret de l'Ordre, même si leurs rayonneurs relèvent d'une technologie sacrément plus forte que la nôtre.

— Ben, merci, en tout cas, les amis. Nous commencions à nous enquiquiner ferme, dans cette taule !

Daniel Huguet ricana en voyant les dix gardes distribuant docilement les rayonneurs. Il en donna un à la princesse magonienne. Puis il se retourna vers son ami Gilles et le questionna :

— Dis ces guignols, on ne va pas les enfermer dans les geôles, non ?

— Non, Daniel, et on ne les liquidera pas non plus. Nous avons besoin de bras pour transporter les fonds des Bakors. Nous allons même réveiller les autres gardes. Toi et nos amis, vous vous en chargerez, avec Vorenngha et Doorlinya pour interprètes. Je reste encore un petit moment ici avec Lanngor-Ngo pour faire un brin de causette avec le général et sa copine.

Bien que nullement familiarisé avec les uniformes bakors, l'hypnotiseur comprit sans difficulté que les parements chamarrés de la tunique de cet homme sanguinolent et tuméfié le désignait comme étant l'officier en question, et que son voisin aux longs cils était sa « copine ».

Daniel fit un clin d'œil à l'ex-cuisinier royal et lui glissa quelques mots à l'oreille. Son interlocuteur lui parla en retour et tous deux rirent aux éclats.

— *Jlom neknek, houlig !* ordonna l'hypnotiseur à l'adresse des six gardes qui, malgré la distribution, avaient encore sur les bras une importante quantité de rayonneurs infrasoniques.

Les Bakors tressaillirent et, dociles, remontèrent les marches de l'escalier à vis, suivis par les Chevaliers de Lumière que le banneret avait désignés et tout le reste de la petite troupe magonienne délivrée.

L'artiste peintre toulousaine interrogea Vorenngha :

— Ça veut dire quoi, la courte phrase prononcée par Daniel ?

— Allez, hue, bourrique !

Monique haussa les sourcils et sourit. Daniel était bien de retour parmi eux, en pleine forme.

Parvenus au rez-de-chaussée, Vorenngha s'adressa à ses compatriotes délivrés et maintenant armés de rayonneurs infrasoniques :

— Vous, gardes restés fidèles à notre bon roi Alboerick le Sage, vous connaissez parfaitement le château. Vous allez investir la chambrée des gardes et le casernement qui jouxte les dépendances. Tous les prisonniers de la garnison seront rassemblés dans la cour d'honneur. Vous ferez atteler les chars à bœufs ou à chevaux et y entasserez les fonds de l'armée d'invasion. Les coffres, gardés par le trésorier-payeur, sont au second étage juste au-dessus des appartements du général.

*
* *

Dans le sombre corridor voûté des geôles et oubliettes, le chef des forces d'occupation et son mignon n'en menaient pas large. D'autant que les deux gamins qui tenaient le pédophile et le payeur en laisse caressaient le manche de leur poignard avec une impatience alarmante. Le mignon, auquel ce manège n'avait pas échappé, se mit à sangloter, débitant des mots hachés que l'ex-cuisinier royal traduisit :

— Il voudrait être relâché, affirmant qu'il n'a jamais violé un enfant mais seulement couché parfois avec le général…

Celui-ci, suant d'anxiété, essaya de tourner la tête pour foudroyer du regard ce lâche qui se déchargeait sur ses épaules de ses multiples péchés. N'y parvenant pas, il l'invectiva, jeta un coude en arrière pour essayer de l'atteindre, mais ne parvint qu'à frapper avec violence le mur humide. Il poussa un rugissement de bête blessée qui se répercuta dans le couloir.

Les enfants confirmèrent la seule culpabilité du général qui eut droit à quelques gnons supplémentaires de la part de Gilles Novak. Interrogé sur le lieu de détention du roi détrôné et de sa cour, Kahoun-Nlé prétendit l'ignorer. L'état-major des armées d'occupation n'était pas encore installé au château lorsque le souverain et ses fidèles avaient été emmenés il ne savait où. Le mignon amorça une phrase, mais cette fois l'officier supérieur laissa vivement son corps partir en arrière, et le payeur se retrouva violemment écrasé par le corps de son amant contre le mur. Sa tête alla heurter une pierre saillante. Le crâne fracturé, les bras ballants, le payeur tituba et bascula de côté puis en arrière, retenu seulement un instant par la chaîne que tenait l'un des enfants. Puis il s'effondra sur la terre humide.

— Tu as tué ce partenaire de débauche pour l'empêcher de parler. Et que crois-tu avoir gagné, sinon quelques minutes de répit ? railla le Magonien.

Ce dernier et Gilles passèrent une corde entre les liens de ses poignets pour le hisser contre la porte de la cellule voisine. Ses pieds, malgré ses ruades, furent à leur tour attachés et il demeura ainsi, un peu penché de côté, retenu surtout par les poignets, les muscles douloureux en raison de son poids respectable.

Lanngor-Ngo lui abaissa les braies jusqu'aux chevilles, révélant sa panse et ses attributs :

— Ces enfants que tu as violentés vont pouvoir se venger, te faire payer ton crime, à moins que tu ne parles. Auquel cas, tu as ma parole : nous les désarmerons immédiatement.

— Je ne sais rien ! Et je vous ferai empaler vifs, tous autant que vous êtes !

Haletant, ruisselant d'une sueur malsaine, il hoqueta une injure, puis hurla en voyant ses deux petites victimes s'approcher, le poignard bien en main.

*

* *

Gilles, Lanngor-Ngo et les enfants, abandonnant les geôles et le cadavre du général, arrivèrent dans le vestibule de la tour. Des litanies de gardes bakors, surveillés par leurs homologues magoniens délivrés, transportaient les lourds coffres du trésor de l'armée, les chargeaient sur des charrettes à bœufs alignées dans la cour intérieure.

Vorenngha parut, escortée d'Alain Le Kern, le glaive en main. La rousse Magonienne expliqua leurs plans : dans l'éventualité où des renforts ennemis assiégeraient le château, les résistants, trop peu nombreux pour l'heure, n'étaient pas assurés de pouvoir défendre la place. Il convenait donc de mettre en lieu sûr, extra-muros, les fonds soustraits à l'ennemi. Le tunnel reliant le passage secret du fenil au jardin de Naaphtus paraissait tout indiqué. Les charrettes et leur lourd mais précieux chargement allaient être convoyés vers le fenil et les écuries par les prisonniers. Eux seuls transféreraient les coffres dans le souterrain. Vorenngha précisa :

— Alain et moi resterons avec les Bakors pendant le transport des fonds ; nous aurons évidemment éloigné les gardes royaux délivrés qui doivent continuer d'ignorer l'existence des passages secrets et du moyen à employer pour gagner le tunnel…

— Et ensuite ?

— Ensuite, Gilles, nous conduirons les prisonniers en un lieu où ils ne pourront jamais trahir notre secret… A tout à l'heure. Oh ! Une chose encore. Tes sœurs et frères doivent présentement investir les appartements royaux afin de déloger Varouk-Mna, l'usurpateur.

— Vous êtes sûrs de ne pas avoir besoin d'un coup de main, tous les deux ?

Alain sourit et donna une bourrade amicale au journaliste :

— Tout ira bien, mon frère. Prends garde à toi, et bonne chance à tous !

*

* *

Monté sur le trône de Magonia avec l'aide des Bakors et d'une poignée de traîtres, magoniens comme lui, Varouk-Mna n'avait rien de comparable au généralissime pédophile censé assurer sa sécurité.

Grand pour un Magonien, il mesurait un mètre cinquante-cinq, des lèvres minces, des sourcils broussailleux, un torse velu et pas un gramme de graisse, il promenait des yeux désemparés et honteux à la fois sur les intrus armés de glaives et de rayonneurs surgis dans sa chambre. Honteux car des terriens géants y avaient fait irruption, le réveillant en sursaut, nu comme un ver en compagnie de deux courtisanes bakors potelées et fausses blondes. Elles n'avaient pas recouvert leur nudité avec suffisamment de réflexe pour cacher ce détail, somme toute secondaire.

Or, quand on est roi — légitime ou usurpateur —, que l'on a dans sa couche deux beautés issues de la race des ennemis ancestraux de Magonia, et que d'autres ennemis s'introduisent chez vous — fût-ce un chez-vous provisoire parce que squattérisé —, on a tout lieu d'entretenir quelque inquiétude quant à la pérennité de son règne.

Surtout si, après avoir crié « A moi, la garde ! », on ne recueille aucune réponse… et si, parmi les intrus, on reconnaît deux Terriens qui, sept mois plus tôt, vous ont déjà infligé une sévère correction[1].

Varouk-Mna n'était alors qu'un officier mercenaire à la solde d'Horing-Lor, qu'il avait aidé à renverser Alboerick le Sage. Ce dernier et sa cour avaient pu fuir, trouver refuge auprès de Jarolnag, le bourgmestre de Looum-Hohonga, le « Village de l'Eternel Crépuscule ». Venus à la rescousse, ce maudit Gilles Novak et ses complices devaient causer indirectement la mort d'Horing-Lor. Le second Terrien à l'avoir berné, lui, le chef des mercenaires, était ce dangereux magicien capable de plonger les gens dans le sommeil, et qu'il s'était bien gardé de fixer dans les yeux.

Or, présentement, ledit magicien venait de lui administrer un direct d'une telle violence que le récipiendaire s'était demandé — avant de couiner comme un goret — si son nez n'allait pas s'enfoncer dans sa gorge ! Un humiliant — et douloureux — traitement administré devant ses concubines qui criaient, se lamentaient en se cachant — peu efficacement — sous le drap.

Le monarque très temporaire vit sans plaisir aucun s'approcher la princesse Doorlinya. A sa mine décidée, à ses masséters qui jouaient nerveusement sous ses joues aux adorables fossettes, il compris que, là aussi, il pouvait s'attendre à tout le contraire d'une orgie. Il en eut confirmation quand la jeune souveraine leva son glaive et l'abattit, lame à plat, sur sa rotule gauche. Son cri de douleur à peine éteint, il se vit poser la question suivante :

— Le roi, mon père, et sa cour ne sont pas emprisonnés dans le château. Où sont-ils ?

---

1. Cf. *Les Sentiers invisibles*, op. cit.

Haletant, les yeux rivés sur le glaive, Varouk-Mna restait silencieux. Il vit l'arme se relever et redescendre s'abattre sur l'autre rotule.

Même punition, même cri, même question.

— Le roi, mon père, et sa cour... Où sont-ils ?

Suant à grosses gouttes, les yeux emplis de larmes, l'usurpateur voyait maintenant la pointe du glaive appuyée sur son pubis.Varouk-Mna comprit que ses chances de mourir centenaire s'éloignaient à la vitesse grand V. Ses concubines partageaient cet avis. Sans plus se soucier de leur tenue d'Eve, elles avaient quitté le lit à baldaquin pour enfiler leur tunique avec des gestes fébriles avant de se réfugier, tremblantes, dans un coin de la chambre.

— Les rats quittent le navire, railla le Méridional. Et si tu veux sortir vivant de cette pièce et pas trop en morceaux, tu aurais intérêt à répondre sans chercher à nous blouser.

— D'autant plus que tu ne bénéficies plus de la protection de ton pédéraste de général bakor, ajouta négligemment le journaliste. Toute la garnison est entre nos mains et ce salopard de Kahoun-Nlé fait route pour l'enfer dans les souterrains... après avoir été puni par là où il avait péché. Et il n'est pas mort sans parler : par lui, nous savons que tu as chargé les Bakors de translater Alboerick le Sage, ses ministres et leur famille, dans un autre continuum. Nous ne sommes pas familiarisés avec les translations transdimensionnelles, aussi, c'est à Doorlinya que tu vas donner les coordonnées d'accès à cet univers parallèle.

Varouk-Mna, frémissant d'angoisse, avoua que s'il avait effectivement livré le souverain et les dignitaires aux Bakors, il ne s'était pas soucié de savoir sur quel monde ils seraient exilés. Le général, à coup sûr dans le secret, aurait pu, mieux que lui, Varouk-Mna, renseigner la princesse et ses amis terriens. Doorlinya exerça une pression plus forte et la pointe du glaive entama les chairs de l'usurpateur qui se remit à hurler ; la jeune femme qui ne le quittait pas des yeux replaça l'arme dans son fourreau et commenta :

— Il dit la vérité. Je l'ai lu dans son psychisme à la seconde même où il pensait que j'allais l'émasculer.

Revenant au coupable du « crime de lèse-majesté au premier chef » (*crimen laesae majestatis*), selon la formule du droit ancien, elle gronda, les dents serrées :

— Je sais pourquoi tu m'as épargné le sort réservé à mon père : placée en état de catalepsie au cœur de la forêt du Temple, sur la Terre, je devais fatalement attirer les Chevaliers de Lumière et c'est bien ce qui s'est produit. Cela, nous le comprenons sans effort. Mais comment tes complices, les Bakors, ont-ils pu téléporter Gilles et ses compagnons sur Magonia avec leurs voitures et leur matériel de camping ? Ils ne possèdent pas une technologie leur permettant d'accomplir ce tour de force et les translateurs-armes infrasoniques qu'ils utilisent sont fabriqués par une autre espèce que la leur. Nous sommes également dans ce cas, sur Magonia. Nos pseudo-baguettes magiques, nous les obtenons… nous les obtenions plus exactement, par le passé, en effectuant du troc avec nos fidèles amis les Woorlaans, avec lesquels nos possibilités de contacts sont coupées depuis plus de deux décennies. Connaissant la loyauté des Woorlaans, nous savons de façon certaine qu'ils n'ont pas pu céder ce type d'armes aux Bakors : ceux-ci comptent peu d'alliés dans les univers parallèles où nous avons accès.

Aux faibles mouvements de tête involontaires de Varouk-Mna, la princesse savait qu'elle n'aurait aucune peine à obtenir des réponses — conscientes ou inconscientes — de lui.

— Ma question est donc de savoir où, auprès de quelle civilisation technologiquement évoluée, tes complices les Bakors — nos implacables ennemis ! — s'approvisionnent en armes de ce type ?

Varouk-Mna respira plus vite, angoissé, et Gilles aussi comprit que, là, il ne pouvait jouer l'ignorance : manifestement, il savait. Et en lui arrachant ce renseignement précieux, l'indice obtenu orienterait très probablement leur enquête vers une voie nouvelle. Le journaliste dégaina son glaive et à son tour, il en appuya la pointe sur le cœur du traître :

— Doorlinya t'a posé une question claire et tu en connais la réponse. A toi de choisir : tu nous renseignes correctement et tu as la vie sauve ou tu te tais et tu meurs.

Le rythme respiratoire de l'usurpateur s'accéléra et il poussa une sorte de cri suraigu qui fit saillir les tendons de son cou en sueur. Dans la fraction de seconde succédant à ce cri étrange, il disparut. Par réflexe, Gilles enfonça le glaive, qui transperça la couche et non pas le cœur de Varouk-Mna.

Doorlinya, Régine, Monique Augeix et Elisheva avaient instinctivement porté les mains à leurs oreilles en grimaçant de douleur.

— Ben merde ! maugréa Daniel Huguet plissant les yeux et tordant sa bouche sous l'effet de cette sensation désagréable. Il s'est évaporé !

— C'est impossible, le détrompa la princesse blonde. Nous sommes incapables de nous téléporter avec un cri aussi horrible, du moins nous, les Magoniens. Or, ce criminel est bien un Magonien. Nu et sans aucun adjuvant technique transdimensionnel, il n'a pas pu disparaître, sous nos yeux.

— Sauf si une espèce disposant d'une technologie supérieure à celle des Woorlaans — comme c'est certainement le cas pour nos frères cassiopéens — est entrée en action à son appel. Un cri inhumain, un étrange appel, lancé lorsqu'il a compris que nous allions l'exécuter. As-tu une idée, Doorlinya, sur l'origine de ces probables êtres mystérieux qui protègent cette canaille de Varouk-Mna ?

— Aucune, Gilles, mais il existe des légendes sur des créatures dangereuses, effrayantes, qui hantent les limbes de chaque continuum ; des sortes de *no man's land*, de frontières vibratoires dissimulant sans doute des sous-univers, peut-être mortels pour notre espèce… Une tradition prétend qu'il existe des ponts transdimensionnels leur permettant de faire des incursions chez nous et sans doute aussi chez vous, sur la Terre.

« A défaut de définition plus précise, ces sous-univers inconnus feraient partie de ce que nos légendes appellent… l'Empire des Ténèbres !

CHAPITRE VI

Captifs, les Bakors de la garnison avaient été regroupés dans la cour intérieure du château, autour des charrettes chargées des coffres contenant le trésor des armées d'occupation. Les gardes magoniens loyaux les encadraient, armés d'épées et de tubes infrasoniques confisqués.

Juchée sur l'une des charrettes, la princesse Doorlinya lança d'une voix forte :

— Gardes, vous qui avez été emprisonnés à cause de votre fidélité au roi mon père, c'est à nos amis terriens que vous devez votre liberté. Mais celle-ci pourrait être précaire. Il nous faut nous débarrasser des forces ennemies qui infectent le pays. Nous nous occuperons de ces prisonniers après leur avoir fait cacher ce trésor devenu notre trésor de guerre.

« Pour l'instant, ne laissez qu'une vingtaine d'hommes à l'intérieur du château pour en assurer la surveillance. Le reste d'entre vous fouillera Kohinra pour en déloger les fantassins placés dans les postes stratégiques. Par ailleurs, vous rallierez à vous tous les hommes valides prêts à défendre notre patrie. Je suis sûr qu'ils seront nombreux à vouloir nous aider à reconquérir notre liberté. Et si tout se passe bien, ce soir, ce sont les couleurs magoniennes qui flotteront de nouveau au-dessus du palais.

Elle scruta les rangs de ses compatriotes et avisa l'un d'eux, robuste et musculeux :

— Toi, Hulnark, tu es capitaine de la garde. Je te fais commandant et te donne licence de mener à bien les diverses phases de ces opérations.

L'interpellé leva son glaive, le porta, vertical, devant son visage et clama :

— Je m'y engage, Princesse. Gloire au bon roi Alboerick le Sage !

Glaives levés, tous les gardes reprirent en chœur ce serment d'allégeance alors que les premiers rayons du soleil chassaient la nuit. Une aube nouvelle se levait sur Kohinra, sur cette poignée de Magoniens galvanisés par les fermes paroles de la jeune souveraine. Celle-ci avait su se montrer digne de son père et gagner le cœur de cet embryon d'armée. Quand les gardes eurent quitté la cour, Doorlinya s'adressa aux prisonniers dans leur langue :

— Conduisez ces charrettes dans le fenil et les écuries. Ceux qui se rendront coupables de rébellion seront abattus sur place. Exécution !

Elle n'eut point besoin de répéter. Comme un seul homme, les Bakors firent avancer les bœufs vers la grande porte à double battant du fenil. Là, sous la conduite de Vorenngha qu'accompagnaient Alain Le Kern et Gérard Ehret, les prisonniers reçurent l'ordre de détacher les bêtes et de les enfermer dans les étables. L'ordre exécuté, les captifs revinrent dans le vaste fenil dont les portes furent alors refermées. A la lueur des torches résineuses, la princesse manœuvra le mécanisme caché permettant l'ouverture du pan de mur et elle désigna le plan incliné :

— Vous allez décharger les charrettes et transporter les coffres dans ce tunnel. Ne perdez pas de temps ! Vous n'aurez droit à une pause qu'après en avoir terminé.

*
* *

Ruisselants de sueur, les Bakors achevaient le transport des lourds coffres de métal, emplis de monnaie d'or et d'argent. Ceux-ci s'empilaient le long du mur droit du tunnel. Les prisonniers, éreintés, la pause venue, s'assirent à même le sol terreux pour reprendre leur souffle, à la lueur de l'unique torche à leur disposition. Soudain, ils eurent un mouvement de surprise en entendant un appel étouffé, et levèrent la tête, interdits. Dans une des niches creusées en haut du mur, à près de deux mètres, ils aperçurent un de leurs officiers : un Bakor en uniforme de lieutenant de la garde, sans doute attaché au service particulier du général Kahoun-Nlé.

— Approchez ! chuinta l'officier. Il va falloir faire vite. Cette cavité abrite la commande d'ouverture d'un souterrain perpendiculaire, ici sur la droite. Il aboutit au pied de la colline où se dresse le château. La sortie est cachée dans les buissons de la berge de la Ryoungarar. Suivez-en le cours et dissimulez-vous dans la forêt, parmi les rochers moussus qui dessinent la forme d'un dragon. A la fin du jour, nos renforts seront arrivés et nous investirons Kohinra par surprise.

Tous les soldats bakors se levèrent.

— Attention, continua l'officier, je vais déclencher l'ouverture du passage dérobé. Il faudra vous y engouffrer très vite et courir dans ce souterrain en pente avant que la princesse et ses complices ne viennent vous ordonner de remonter !

Une lueur d'espoir brillait enfin dans les yeux des vaincus qui allaient pouvoir fuir mais aussi, peut-être, prendre leur revanche. Avec un raclement, le pan de mur de droite pivota, démasquant une ouverture d'un mètre de large à peine sur deux de hauteur. Depuis sa niche l'officier chuchota, d'une voix pressante :

— Dépêchez-vous ! J'actionnerai le mécanisme de fermeture quand le dernier sera passé.

— Mais vous, mon lieutenant ? demanda l'un des soldats.

— N'ayez crainte, je me débrouillerai. Et puis il faut que quelqu'un referme ce passage. Tant pis si je me sacrifie.

Emus, les soldats eurent une pensée pour ce noble officier, prêt à se sacrifier pour ses hommes, comportement peu fréquent chez les Bakors.

— Maintenant rappelez-vous, ajouta celui-ci, courez sans vous arrêter !

Les fuyards se bousculèrent dans l'étroit passage, de crainte de devoir retomber aux mains des Magoniens. Les derniers sur lesquels se referma l'épais pan de mur se hâtèrent de progresser dans la quasi-obscurité. L'avant-garde qui emportait l'unique torche de résine courait de plus en plus vite, loin devant eux. Le sol du souterrain, à la pente raidie, favorisait leur fuite, et lorsque les premiers hurlements retentirent, la cohorte qui fermait la marche n'eut plus la moindre possibilité de s'arrêter : la pente était devenue un véritable toboggan sur lequel ils glissaient pêle-mêle, hurlant de terreur jusqu'à ce que le sol se dérobe sous eux et qu'ils plongent dans le vide, pour s'écraser quatre-vingts mètres plus bas au fond du gouffre naturel qui servait autrefois d'oubliette à certains rois — un peu barbares ! — de Magonia.

Dans la niche du tunnel, le « lieutenant » quitta sa cachette. Face à lui, Daniel Huguet abandonna la sienne, allumant une torche électrique pour permettre à Lanngor-Ngo d'essuyer son visage enduit d'une poudre blanche destinée à le rendre aussi pâle qu'un Bakor.

— Tu as très bien joué ton rôle, le complimenta l'hypnotiseur. Heureusement que tu parles parfaitement leur langue.

— Sans doute, mais le fait de chuchoter m'a permis de masquer certains défauts de prononciation qui auraient pu me trahir.

Sur le plan incliné apparaissaient maintenant Gilles Novak et ses amis, accompagnés de la princesse et de Vorenngha. La jeune souveraine enlaça Daniel Huguet :

— Merci, à toi et à Lanngor-Ngo, d'avoir accepté de jouer ce rôle, cruel sans doute, mais nous ne pouvions pas laisser en vie ces ennemis maintenant qu'ils connaissaient le secret de ce tunnel. En tout cas, ils n'auront pas souffert et n'auront pas vu venir la mort : le « Gouffre de l'Oubli » — ainsi l'ont baptisé nos ancêtres des périodes lointaines où sévirent parfois des monarques tyranniques — le Gouffre de l'Oubli, donc, possède un fond de rochers saillants sur lequel, après la chute de quatre-vingts mètres, nul ne pourrait survivre.

Ils sursautèrent soudain en entendant un choc derrière le mur ; un choc très net, suivi de grattements. Ces bruits insolites provenaient sans conteste du passage secret derrière le pan de mur revenu en place.

Les Terriens, Doorlinya, Vorenngha et Lanngor-Ngo, s'entre-regardèrent, interrogateurs.

— Non, c'est impossible, fit la jeune souveraine en haussant les épaules, ayant lu dans les pensées des autres. Je vous rappelle que le « toboggan » aboutit à un aven, un puits vertical de quatre-vingts mètres, et il est impensable qu'après une telle chute l'un de ces hommes ait pu survivre, escalader les parois abruptes, remonter la déclivité du toboggan et parvenir jusqu'à ce boyau.

— Il faut vérifier, décida Gilles Novak. Quoi que ce soit, nous devons découvrir ce qui se trouve derrière ce mur.

— Daniel, remonte dans la niche pour actionner le mécanisme d'ouverture et vous autres, reculez-vous, armes en main.

S'aidant des aspérités disposées parmi les pierres apparentes et poussé par Lanngor-Ngo, l'hypnotiseur se hissa jusqu'à la cavité. Là, il tira fortement l'anneau de métal. Avec le raclement caractéristique, le pan de mur s'écarta.

Gilles avait négligé le glaive et le cylindre infrasonique pour se munir cette fois de l'automatique, d'une efficacité plus immédiate. De l'ouverture graduellement démasquée sourdait une lueur jaune qui projeta une ombre inquiétante. Les témoins restèrent un instant pétrifiés par la vision de cette silhouette fantomatique, apparemment celle d'un grand singe, aux doigts écartés, au museau allongé, gueule ouverte sur des dents démesurées ! Cette ombre chinoise s'accompagna d'un cri rauque, d'un feulement effrayant, puis tout disparut lorsque le pan de mur se fut entièrement escamoté, révélant au coude du souterrain une torche de résine plantée dans une cavité du mur.

Gilles s'avança. Le conduit exhalait une odeur fétide très forte. Le journaliste se retourna vers ses compagnons :

— Une ombre ! Ce n'était qu'une ombre, maugréa-t-il, accompagnée d'une puanteur de fauve !

— Rien qu'une ombre ? dit Régine.

Le banneret des Chevaliers de Lumière s'avança un peu plus loin, prudent, l'automatique en main. Il regarda à droite la pente accentuée du souterrain et décrocha la torche résineuse avant de rejoindre ses amis.

— Il n'y vraiment rien, rien que les traces d'une multitude de pas sur la terre.

— Et cette torche, ajouta Monique Augeix.

Soucieux, Lanngor-Ngo s'en saisit, l'examina. Son visage afficha un air de surprise :

— Je suis certain que c'est la torche qui, dans ce tunnel, a permis aux prisonniers d'entasser ces coffres. C'est celle qu'ils ont prise pour fuir, j'en suis sûr. Et de toute façon, il n'y avait pas de torche dans ce boyau, en dehors de celle que les Bakors amenèrent. Or…

— … Or, tu as raison — ils l'ont fatalement lâchée lorsqu'ils sont tombés dans le vide, raisonna l'ésotériste. Dans ce cas, comment a-t-elle pu se retrouver là, au coude du boyau, si quelqu'un ne l'y a pas rapportée ? Et ce quelqu'un doit être cette créature dont nous avons vu l'ombre monstrueuse et senti l'odeur puante. Doorlinya, es-tu certaine qu'un autre conduit à l'accès camouflé n'ouvre pas dans ce souterrain ?

— Aussi certaine qu'on puisse l'être. Mon père l'a fait sonder, jadis, par une équipe qui alla ensuite explorer le gouffre avec des échelles de corde.

— Bon, mais on ne sait jamais avec les grottes et souterrains. Cet aven a sans doute des galeries, des ramifications qui s'étirent au-delà de la butte du château, et qui n'ont jamais été repérées.

— Non, franchement non, ceux qui l'ont visité furent formels : ce gouffre n'a pas d'autre issue.

Gilles Novak réfléchit, se mordillant machinalement la lèvre inférieure avant de questionner :

— Encore une fois ; il n'y a rien de tel qu'une vérification par soi-même. Où peut-on trouver des échelles de corde et des cordages pour descendre dans cet aven ?

— A l'arsenal du château. Venez...

*

* *

Gilles Novak et Alain Le Kern avaient été les premiers à prendre pied sur le chaos de rocs constituant le fond du gouffre. Ils restèrent atterrés. Quelques secondes plus tard, Daniel Huguet les rejoignit et les imita, examinant le sol tourmenté à la lueur des torches électriques. Ici et là, une dizaine de squelettes achevaient de se décomposer, près de tomber en poussière. Les trois hommes se regardèrent, circonspects.

— Merde ! fit l'hypnotiseur en levant les yeux au-dessus d'eux, en haut des quatre-vingts mètres d'aven se perdant dans l'obscurité, alors que Gérard Ehret descendait à son tour.

Daniel Huguet laissa son regard parcourir la paroi, puis revenir sur les roches saillantes du fond :

— Une cinquantaine de bonshommes dégringolent de là-haut et il n'y en a pas la moindre trace ici ?

— Nous nous posions la même énigme, avoua Gilles Novak, dérouté. Ces ossements épars sont là depuis des années, voire des siècles et n'ont rien à voir avec les Bakors expédiés sur le toboggan !

— Il y a une autre énigme, intervint le géomancien. Vous ne sentez rien de particulier ?

— Si, comme en haut, ça pue la charogne, maugréa Daniel.

— Le fauve, précisa le journaliste. Or, apparemment, si un animal sauvage — ours, loup, lynx géant peut-être, voire grand singe — a fait de cet aven sa tanière, nous devrions y trouver des excréments et les plus gros os de ses proies. Or nous ne voyons rien de semblable.

— Il faut peut-être aller un peu plus bas, suggéra Alain Le Kern.

— Oui, descendons de cet amoncellement de rocs pour examiner le sol alentour.

Progressant prudemment, sur la roche glissante, ils s'entraidèrent pour atteindre les niveaux inférieurs de l'aven, sans même prendre le temps de mettre au courant Gérard Ehret qui arrivait. Mais celui-ci n'avait besoin de personne pour comprendre instantanément la situation comme ses camarades. Au bout de cinq minutes d'investigation dans le fond somme toute réduit bien qu'accidenté, la recherche n'avait toujours rien donné.

— Et encore, si un fauve gît bien dans ce gouffre, fit remarquer Alain, comment peut-il y pénétrer puisque c'est un puits réputé sans issue ?

— Une énigme après l'autre, Alain, conseilla l'ésotériste prudent. Débusquons la bête, si bête il y a. Et expliquons ensuite.

A la lueur des deux torches électriques, ils continuèrent de scruter les éboulis et la terre autour de l'évasement de l'aven. En pure perte : aucune matière organique, rien qui put autoriser à penser qu'un fauve avait élu domicile en ce lieu clos. Ils crièrent à leurs camarades s'apprêtant à descendre eux aussi de rester en haut. Il était vain de se presser tous dans ce cul-de-sac. Et ils seraient sans doute plus utile ailleurs.

— Et pourtant ça pue franchement, insista l'hypnotiseur, agacé de ne pas comprendre l'origine de cette odeur nauséabonde.

Soudain, Gilles et Alain touchèrent simultanément le bras du Méridional. Du menton, ils désignèrent un rocher isolé sur la gauche dans la pénombre, offrant vaguement l'aspect d'une énorme stalagmite au sommet tronqué. Malgré les lampes, la concrétion se détachait mal sur le fond de la grotte en raison de la légère brume humide caractéristique des profonds boyaux caverneux. Silencieux, les quatre chevaliers fixèrent leur attention sur cette formation rocheuse. De manière infime, le détecteur d'agressivité implanté dans leur crâne[1] avait mis leur sens en éveil. Daniel tiqua : une ombre mouvante, fugitive, était apparue, un peu semblable à celle qu'ils avaient entr'aperçue là-haut, au coude du souterrain menant au toboggan. Une ombre terriblement inquiétante : celle d'un grand singe ou d'un ours, mais doté d'une impressionnante mâchoire de carnassier.

Les quatre hommes s'approchèrent, l'automatique braqué sauf l'hypnotiseur qui était armé d'un rayonneur infrasonique. Daniel escalada avec adresse le cône rocheux aux multiples aspérités tandis que Gérard restait lui en repli pour conserver une vue générale de l'action et que Gilles à droite et Alain à gauche entreprenaient de contourner

1. *Les sentiers invisibles,* op. cit.

prudemment l'obstacle. Ils en firent lentement le tour et se retrouvèrent face à face, interloqués : rien. Aucune trace de cet animal ou monstre dont l'ombre, deux minutes plus tôt, s'était étirée sur le sol ! Du haut de son perchoir, le Méridional se mit en colère :

— S'il ne veut pas se montrer, ce con, qu'il aille se faire voir !

La tournure cocasse de cette exclamation fit rire jusqu'à son auteur, et cela détendit un peu l'atmosphère.

— Trêve de plaisanterie, dit Gilles Novak, je vois une autre énigme se poser. Je ne sais pas ce qu'il en est pour vous, mais de manière très diffuse et très brièvement, j'ai ressenti l'influx de mon détecteur d'agressivité.

Les trois autres confirmèrent.

— Or, continua, le chef du Commando Alpha, quelque chose m'échappe. Si une créature terrifiante se trouvait là, soit elle était agressive, soit elle ne l'était pas, mais le signal aurait dû être soit net soit absent. Mais pas aussi vague et aussi court.

Un léger choc, plutôt mou, interrompit cette réflexion et leur fit faire volte-face, sur le qui-vive, regardant vers la base des cordages. Ils se demandèrent s'ils ne rêvaient pas : près de l'échelle de corde, deux gros sacs en matière plastique noire venaient de se matérialiser, le col serré par un collier magnétique.

Ils remontèrent précipitamment. Avant toute chose, Gilles et Gérard palpèrent ces sacs : ils contenaient des objets durs, certains oblongs, d'autres souples, avec des parties résistantes. Ils en ouvrirent un et restèrent perplexes : un parfum suave s'en échappait. Gilles l'identifia sans effort : *Nephtys*, la ligne féminine de Joëlle Oldenbourg. Et ces sacs contenaient des flacons de ce parfum et de *Nephtarés*, la ligne masculine de leur amie créatrice. C'étaient ces fameuses fragrances qui, aux dires de leur amie Doorlinya, avaient des pouvoirs de translation trans-continuum. En dehors des bouteilles, les sacs renfermaient bien d'autres choses : des ceinturons propulseurs antigravitiques, des glaives-lasers dans leur fourreau, des sortes de gros automatiques analogues aux pistolasers centauriens équipant l'Ordre Cosmique des Chevaliers de Lumière. Analogues, certes, mais différents tout de même et comportant des signes, des idéogrammes sans doute, d'origine inconnue. L'éternelle question se posa. Et ce fut le guérisseur alsacien qui la formula :

— Amis ou ennemis ? Qui nous fait ces cadeaux ?

— Il est quasi certain que ces armes et ces ceinturons ne proviennent pas de nos frères centauriens, même s'ils ressemblent à ceux que nous possédons dans notre équipement de combat, nota Gilles, intrigué. Sinon pourquoi ne pas nous avoir envoyé les armes réglementaires ? Quoi qu'il en soit, même si nous ne devons jamais jurer de rien dans ces dimensions, je vois guère des ennemis nous faire de tels présents.

— Les parfums ne te font pas penser à ta mystérieuse Iemanja du Brésil, puisqu'elle semble être responsable de la première commande à notre intention passée auprès de ton amie Joëlle ?

— J'y pense, répondit Gilles. J'y pense. Ce qui ne manque pas de me troubler. Car cette mystérieuse métisse semble avoir sa part dans le plan général qui nous a attiré à Magonia. Or ce plan a manifestement été monté par les Bakors ou leurs alliés…

Il examina attentivement le Multirays, fit jouer les trois

boutons placés sur le haut de la culasse, au niveau du pouce.

— Ecartez-vous, ordonna-t-il.

Il tira sur la paroi de l'aven. Un dard pourpre fusa en grésillant et traça une profonde saignée dans le rocher. Le second bouton déclenchait non plus un faisceau thermique mais désintégrateur qui volatilisa un rocher d'un peu moins d'un mètre cube.

— La troisième fonction doit générer une onde hypnogène ou paralysatrice, conclut le journaliste. On vérifiera plus tard.

Il boucla autour de sa taille le ceinturon portant la gaine du Multirays et le fourreau du glaive-laser. Alain et Daniel l'imitèrent, découvrant accessoirement au fond du sac des torches électriques extrêmement puissantes, munies d'un anneau et mousqueton de fixation. Un sachet de cuir contenait en outre des pendentifs en résine transparente. Ceux-ci enrobaient un intégrateur transcontinuum à l'effigie holographique de Iemanja. Ces objets ne laissèrent pas d'ajouter à la perplexité de l'ésotériste qui, avec Régine, avait reçu les mêmes à Rio de Janeiro. Mais, dans le même temps, ces présents paraissaient confirmer la piste de la belle métisse inconnue en tailleur lilas.

Gilles, Alain et Gérard manœuvrèrent précautionneusement les commandes de leur ceinturon, disposées sur un petit boîtier latéral et ils s'élevèrent lentement... à l'exception de Daniel qui s'effaça, disparut en prononçant un juron !

— Eh ! Daniel ! Où es-tu ?

— Ben, là, devant vous, entendirent-ils sans parvenir pour autant à voir leur ami.

— Mais où là ?

— Ben là. Merde, j'ai dû tripatouiller un bouton qui m'a rendu invisible.

— Ne bouge surtout pas, conseilla Gilles en actionnant successivement les commandes du ceinturon.

Il ne tarda pas, l'un l'autre, à découvrir le curseur qui actionnait un mini-générateur de champ d'invisibilité. Il fut imité par ses deux autres compagnons. Ils se retrouvèrent alors en compagnie de l'hypnotiseur et tous quatre rirent de cette fonction inattendue.

— Voilà un admirable perfectionnement que ne possèdent pas nos ceinturons de Chevaliers de Lumière, apprécia le géomancien.

Subrepticement, une vibration ténue, sur un régime de plus en plus grave, se fit entendre et les quatre amis, aux aguets, virent la paroi gauche devenir floue, se dématérialiser sur plusieurs mètres carrés. Au-delà de l'aven, cette ouverture débouchait... sur une forêt touffue, emplie de cette agréable senteur végétale qu'ils connaissaient bien. Un papillon voletait, traversant leur champ de vision.

Gilles ramassa une pierre et la lança. Ils la virent rebondir et rouler dans l'herbe drue, s'arrêter dans une ornière, délogeant un crapaud qui détala en bondissant. Celui-ci montra son ventre jaune, moucheté, en lançant un hounck, hounck inattendu[1] !

— Ce n'est pas une projection, nota Alain Le Kern.

— Non, cela ressemble bel et bien à une ouverture transdimensionnelle, ajouta Gilles Novak

---

1. Variété d'amphibien anoure surnommé le *Sonneur*. Cf. *Courrier* n° 14, revue de l'Association des amis du parc régional de la forêt d'Orient.

— Elle n'a pas l'air d'être un piège, estima Gérard Ehret.

— Effectivement, je pense à un champ désintégrateur, par exemple, intervint le banneret, mais, restons prudents, le piège existe peut-être plus loin.

— En tout cas, conclut Alain Le Kern, cela a toutes les apparences d'une invite.

— Une invite non dénuée de danger, puisque un ami inconnu « qui nous veut du bien » nous a dotés de ces armes redoutables. Sans oublier que ce passage explique peut-être les va-et-vient de notre mystérieuse créature à impressionnante dentition.

— On y va, Gilles ? demanda l'hypnotiseur.

— Je crois qu'ils est plus judicieux d'aller prévenir le restant de l'équipe, répondit l'ésotériste.

— Mais tu ne crois pas que la « porte » va se refermer ?

— Non je ne crois pas. Ceux qui veulent que nous passions, sauront attendre notre retour.

Ils s'élevèrent, tels des ludions, à travers le gouffre puis le long du toboggan pour émerger enfin auprès de leurs compagnons anxieux et rapidement stupéfaits. Où avaient-ils déniché ces gros sacs et ces ceinturons, ces armes inconnues des Magoniens ? Ils le leur expliquèrent et firent la distribution, initiant — prudemment ! — leurs amis au maniement de ces armes un peu différentes de celles auxquelles ils étaient habitués. Le quatuor narra rapidement les quelques événements du fond de l'aven. Chacun était impatient de descendre dans l'abîme, afin de voir à quelle partie de la forêt donnait accès cette ouverture transdimensionnelle.

Le banneret de l'Ordre Cosmique entoura de son bras les épaules de Régine :

— Ne nous excitons pas : nous venons de passer une nuit blanche et fort mouvementée. Prenons d'abord quelques heures de repos et un bon bain.

Tout en respectant le sage conseil, les autres membres du commando ressentait une pointe de dépit au fond de leur cœur. Gilles interrogea la jeune princesse :

— Crois-tu que nous pourrons nous baigner, au château, sans accaparer toute la domesticité pour remplir les baignoires ?

Doorlinya fit la moue, dubitative :

— Nous sommes tout de même une quinzaine à avoir besoin de nous décrasser. Le mieux serait, je crois, d'aller nous baigner dans la Ryoungarar qui coule à deux pas du château. Accordons-nous trois heures de repos et, après nous être restaurés, nous partirons en exploration. Mais, si tu me permets, Gilles, j'aimerai d'abord jeter un coup d'œil à ce « sentier invisible » ouvert au fond du gouffre.

— Juste un coup d'œil alors, accepta le chef du commando en retournant dans le souterrain, escorté par ses amis.

*

* *

Lorsqu'ils se regroupèrent à la base de l'aven, ce qu'ils aperçurent par l'ouverture transdimensionnelle ne correspondait plus à ce que Gilles avait décrit. Ils apercevaient toujours la forêt mais en un autre secteur, où sinuait une rivière calme, à l'eau limpide, avec une plage de sable gris. Bizarrement, parfois, l'image tremblotait, se moirait puis redevenait nette.

— Ce paysage te dit-il quelque chose, Doorlinya ?

— Oh oui : quand j'étais enfant, mes amies et moi, nous sommes venues souvent nous baigner ici, en ce coin tranquille de la Ryoungarar situé à un peu plus de deux kilomètres au sud du château. Je pourrai te le montrer tout à l'heure, si tu veux. Mais, s'il est en tout point identique, est-ce bien le coin de forêt que nous voyons ici ? Car ce paysage-ci peut tout aussi bien se situer dans un autre continuum. Rappelle-toi le *Chemin du Langage-des-Oiseaux*, Gilles, que tu as temporairement découvert en franchissant une brèche entre l'univers de la Terre et celui de Magonia. Un chemin borde bien nos forêts respectives, mais seul le nôtre porte ce nom !

Elle se tourna vers sa compatriote Vorenngha, douée de fonctions psi plus étendues encore que les siennes, et toutes deux se prirent les mains en fermant les yeux. Par projection mentale, elles inspectèrent la région au-delà de l'ouverture, sans déceler une quelconque menace et en firent part aux Terriens. Gilles Novak abonda :

— Nous-mêmes n'enregistrons aucun champ d'agressivité et si c'est ce à quoi tu penses, Doorlinya, je suis d'accord pour que nous allions prendre un bon bain dans la rivière. Après quoi, nous regagnerons le château afin de nous reposer. Vers quinze heures, avec une provision de vivres, nous redescendrons dans le gouffre et verrons alors si le sas ouvre sur un nouveau territoire. Mais quitte à aller nous baigner dans la Ryoungarar, autant aller directement dans celle-ci, qu'elle soit de Magonia ou d'ailleurs.

Il s'engagea le premier dans le conduit transdimensionnel et Régine lui prit la main, confiante. Leur groupe émergea de « l'autre côté », dans cette forêt qui s'étendait autour d'eux. Alain Le Kern, fermait la marche avec Vorenngha. Il planta son glaive dans la terre au débouché de la brèche, pour en marquer l'emplacement, car, une fois « passé », rien, désormais, ne l'indiquait plus ! En se retournant, ils avaient découvert le même sous-bois très dense, analogue à celui aperçu une minute plus tôt à travers le sas, à la base de l'aven, qui lui n'existait plus.

Gilles renouvela son expérience et lança une pierre... Elle décrivit une trajectoire normale et retomba loin derrière le glaive.

— La brèche transcontinuum a disparu, soupira la princesse-fée.

— Eh bien, j'espère que nous n'avons pas fait un saut imprudent nous éloignant trop de Magonia ou de la Terre, estima Gilles Novak.

Monique Augeix embrassa d'un regard circulaire la forêt et s'exclama, avec soulagement :

— Mais non, regardez à droite, là-bas, sur cette petite colline.

On devinait les toits de diverses maisons puis, sur son tertre, le château royal de Kohinra, avec ses tours d'angle massives, ses tours intérieures, plus effilées, dépassant les hautes murailles festonnées de nombreux créneaux et de mâchicoulis.

— On pourrait même rentrer à pied sans trop se fatiguer, mais je préfère revenir en utilisant le dégraviteur, fit Daniel Huguet en se déshabillant, suivant l'exemple de Doorlinya et de la plupart de ses compagnons.

Gérard Ehret et Lanngor-Ngo se dévouèrent pour prendre le premier tour de garde et surveiller leurs effets et les armes pendant que le petit groupe, nu mais sans gêne aucune, tâtait l'eau du bout du pied. Satisfaits, ils entrèrent dans la rivière puis s'élancèrent, crawlant mollement, ravis de pouvoir enfin se baigner après toute les épreuves des dernières heures.

Ils auraient pu se croire en vacances.

Pour combien de temps encore ?

CHAPITRE VII

Etendus sur la plage, Gilles et ses amis savouraient la chaleur du soleil qui achevait de les sécher. Régine s'était même assoupie, la nuque au creux de l'épaule du journaliste qui d'un bras l'enlaçait. Il la réveilla d'un baiser.

Elle lui sourit en soupirant, posa sa main sur son pubis puis réalisa qu'ils n'étaient pas dans un lit (le plus proche étant celui… de la rivière !) et elle n'acheva donc pas son geste intime.

Les uns les autres auraient, eux aussi, volontiers glissé dans un sommeil réparateur, mais ils se remirent debout, en bâillant. Entre-temps, Alain Le Kern et Monique Augeix avaient relayé Gérard et Lanngor-Ngo pour leur permettre de se rafraîchir, puis cela avait été le tour de Jerry et Elisheva.

— Avant de vous rhabiller, leur rappela Gilles, n'oubliez pas de vous parfumer avec *Nephtys*, gentes dames, et vous avec *Nephtarés*, gentils « damoiseaux ».

Et d'accompagner cette formule désuète d'une révérence cocasse à l'adresse des cinq jeunes femmes, délicieuses dans leur nudité. Doorlinya et Vorenngha (petites au point de ne pas atteindre les épaules de leurs sœurs terriennes) pouffèrent, en débouchant le flacon rond à étiquette bleue.

— Bonne idée, approuva l'hypnotiseur, ces parfums que tu nous as distribués une première fois, Gilles, nous les avons laissés avec nos affaires, au château. Mais tu crois vraiment que ce sont ces parfums qui nous aident à faire le « saut » ?

— Je n'ignore pas la différence entre ondes et corpuscules, néanmoins l'on pourrait parler de « quantons relativistes paracorpusculaires » ou bien de « collectif relativiste ondulo-corpusculaire » en syntonie — en accord de fréquences — avec le champ énergétique de ces intégrateurs transcontinuums, commenta doctement l'ésotériste qui se mit à rire. Et cela, bien évidemment, ne doit rien au hasard, ainsi que l'a plaisamment formulé Daniel. Cependant, l'occasion ne nous a pas encore été offerte d'expérimenter ce phénomène de syntonisation.

— Cette expérience, je peux aisément la tenter, proposa la jeune souveraine, achevant de se rhabiller. En se serrant un peu, plaisanta-t-elle, il y a même place pour deux dans le cocon d'énergie biopsychique propre à notre espèce. Mais ici, cette fonction naturelle est suractivée par l'intégrateur et l'aura « ondes/particulaires » de ces parfums « magiques » personnalisés.

Incorrigible blagueur, Daniel remonta un peu sa tunique au-dessus du genou tout en agitant le pouce à la manière des auto-stoppeurs. Elle l'enlaça en riant et il simula la frayeur :

— Surtout, ne conduis pas trop vite !

Ils disparurent tous deux.

Cinq secondes à peine s'étaient écoulées quand des cris retentirent, ainsi que des pas précipités, à plusieurs centaines de mètres : le couple revenait, coudes au corps, courant à perdre haleine !

— Faites gaffe ! leur lança le Méridional. On a du monde au train !

Il souffla un peu et ajouta haletant :

— Comme un con, j'ai oublié de mettre le ceinturon !

Et par voie de conséquence, en sous-entendu, d'emporter les armes qui l'équipaient. Ces armes, ses compagnons s'en étaient emparées aux premiers signes de danger, non seulement émanant d'Alain, mais aussi de leur détecteur d'agressivité. Ils s'étaient immédiatement divisés en deux groupes. Ainsi faisaient-ils face tout en laissant au couple la place pour les rejoindre sans demeurer dans leur ligne de mire. La respiration courte, Daniel et Doorlinya venaient d'arriver à leur hauteur, bondissant sur leurs ceinturons et dégainant les glaives-lasers, cela avec une rapidité et une habileté peu communes. Sans retard, ils se joignirent au groupe le plus proche et prêtèrent l'oreille.

A une centaine de mètres, les buissons s'écartèrent. On entendit craquer les branchettes cassées, sur le sol humide, rompues par l'avance d'un marcheur particulièrement lourd, massif à en juger par les arbrisseaux secoués à son passage. Dans l'épaisseur des taillis, on n'entr'apercevait qu'une silhouette sombre, plus haute qu'un humain, émettant un grognement rauque, entrecoupé de feulements. Puis tout s'effaça et les buissons et arbrisseaux cessèrent de bouger. Le silence retomba sur la forêt.

Nos amis échangèrent des regards interloqués, puis Gilles interrogea l'hypnotiseur :

— Bon sang, que s'est-il passé, durant les cinq secondes de votre disparition ?

— Cinq secondes, c'est une image ? fit Daniel.

— Non, vous n'avez pas disparu plus de cinq secondes, dix à tout casser.

— Cela nous a paru beaucoup plus long, nota l'hypnotiseur.

Du geste, il invita la jeune souveraine à décrire leur « saut », ce qu'elle fit :

— Pour cette première expérience, je ne voulais pas nous téléporter trop loin et je visualisais la plaine, au nord de la forêt. J'ai eu subitement très peur en constatant que nous venions d'émerger dans une sorte de grisaille sombre avec, ici et là, de faibles lumières orange disposées deux par deux et clignotant parfois. En cet endroit inconnu pour moi régnait une affreuse puanteur, analogue à celle que nous avons sentie, au fond du gouffre. Un feulement effrayant a éclaté tout près de nous et j'ai immédiatement entraîné Daniel en nous téléportant vers le bord de la rivière que nous avions quittée. Le point de retour — j'ignore pourquoi — manquait de précision et nous nous sommes retrouvés en pleine forêt, dans un coin que je ne connaissais pas. Nous avons progressé d'un bon pas pendant ce qui nous a paru quelques minutes en écartant les buissons, à la recherche d'un sentier que nous avons enfin trouvé. Et c'est là que, derrière nous, le bruit de ce pas lourd, écrasant les feuilles et les ramilles, a commencé, ponctué de grognements, de feulements à vous glacer le sang ! Désarmés, ne sachant quelle direction prendre pour regagner la rivière, nous avons foncé droit devant nous. Arl-Gatsha a entendu ma prière et nous sommes saufs.

— En vous retournant, avez-vous vu à quoi ressemblait ce… cet être ? s'informa l'artiste peintre.

Daniel Huguet dodelina du chef :

— J'aurais aimé t'y voir, avec un tel machin sur les talons ! Et puis, en courant à toute pompe dans une forêt aussi dense, amuse-toi à te retourner et tu verras vite ton joli nez transformé en figue écrasée contre un arbre !

— Cette « chose » au feulement de tigre a dû laisser des traces. Essayons de les retrouver, proposa le journaliste.

Parvenus à l'endroit approximatif du sentier où le couple en fuite avait surgi, Gilles conseilla à Régine et à Elisheva de guetter afin de déceler l'approche éventuelle d'une menace tandis qu'ils examineraient à loisir la terre et les buissons. Ce fut sur ces derniers que Gérard, le premier, découvrit une touffe de longs poils noirs, rêches comme des crins de sanglier, mais à un mètre cinquante du sol, ce qui excluait qu'il put s'agir d'un de ces animaux.

Et puis il y avait cette exhalaison, forte, nauséabonde, comme une odeur de fauve.

— Oh ! s'exclama Jerry Fowler en se baissant. Ces empreintes ! Ça ne vous rappelle rien ?

Les empreintes énigmatiques étaient pareilles à celles qu'ils avaient relevées autour de la source de la forêt du Temple, lors de la disparition de l'hypnotiseur et de la jeune souveraine. Des traces de bipède aux pieds larges rappelant vaguement celles d'un dromadaire, mais avec trois doigts épais prolongés d'une griffe. Seul un animal fort lourd aurait pu laisser des traces si profondes.

— Bon, fit Daniel en se massant la paupière d'un air dégagé, si nous retournions au château afin de manger un brin — ou deux ! — au lieu de chercher à tout prix des emmerdes avec cette bestiole maousse qui, peut-être, n'appréciera pas notre compagnie ? Un danger connu, OK, je suis preneur, mais là…

Il désignait les étranges empreintes avec une expression d'écœurement.

— De toute manière, acquiesça Gilles Novak, il nous faut impérativement prendre quelques heures de repos. Après quoi, nous retournerons dans le gouffre par le tunnel secret, car j'ai l'intuition que cet aven est un nœud, un point de convergence de multiples continuums. Tu peux récupérer ton glaive, Alain. De ce côté-ci, le sentier invisible est incontestablement coupé. Et il faut espérer que le château vers lequel nous allons nous diriger est bien celui de la dimension « normale » de Magonia.

Le géomancien se dirigea vers l'endroit où il avait planté son arme, mais il s'arrêta, étouffa un juron, aussitôt rejoint par ses amis, doutant de ce qu'ils voyaient : le glaive fiché en terre était littéralement entouré, emprisonné jusqu'à la garde par une sorte de liseron grimpant, aux fleurs en calice pourpre qui avait poussé en moins d'une demi-heure !

— Ou bien la croissance des plantes s'est inexplicablement accélérée, ou alors c'est le temps qui, dans ce secteur mystérieux, s'écoule à une vitesse affolante.

Régine s'alarma :

— Gilles, ne nous éternisons pas dans ce coin.

Ils mirent en circuit leur ceinturon dégraviteur-propulseur et s'élevèrent, s'orientant vers le château dominant Kohinra. La forêt céda rapidement la place aux faubourgs de la capitale, aux rues et venelles encombrées de charrettes, d'hommes et de femmes, allant d'un pas pressé. Çà et là, des gamins turbulents se poursuivaient, louvoyaicnt entre les passants, les portefaix, les attelages. Le spectacle rassurant d'une ambiance bon enfant… mais un spectacle étonnant alors que toute menace bakor n'était pas encore évanouie.

— Posons-nous sur le chemin de ronde du corps de logis. Nous gagnerons du temps et n'aurons pas besoin d'emprunter la porte à herse principale ni le pont-levis.

Ils se rangèrent à la décision de la princesse-fée. Sur l'étroit chemin de ronde bordé de créneaux, ils empruntèrent une porte basse (pour la taille des Terriens) et descendirent les marches d'un escalier étroit aboutissant à un long couloir aux portes alignées du côté droit.

— Les chambres d'hôtes. Vous y avez dormi quelques jours, en décembre dernier. Au fait, nous déjeunons tout de suite ou après nous être reposés ?

— Dormir juste après un repas n'est pas très bon pour la ligne, fit Régine. Si « nos » hommes peuvent tenir…

Elle avait laissé la suite en suspens et Gilles sourit :

— OK, nous tiendrons. N'est-ce pas, Alain ?

Affamé, celui-ci opina mais n'en pensa pas moins, convaincu qu'il allait rêver de boustifaille.

*

* *

Sitôt couchés, Gilles et Régine s'étaient endormis, sombrant dans un profond sommeil, la jeune femme pelotonnée contre son compagnon. Quand ils rouvrirent les yeux, ayant quelque difficulté à refaire surface, ils ne virent d'abord que le ciel de lit à baldaquin, puis le journaliste éprouva une piqûre au côté gauche. C'est alors seulement qu'il réprima un sursaut tandis que Régine étouffait un cri de surprise : six gardes magoniens les entouraient, pointant leur glaive, en appuyant la pointe sur leur nudité. Au pied du lit, ils aperçurent Doorlinya et Vorenngha. Celles-ci, poings sur les hanches, les dévisageaient avec indignation et colère !

— Eh ! s'exclama Gilles. Que se passe-t-il ? Voyons, Doorlinya, que veulent ces hommes et pourquoi nous menacent-ils ? Et toi, Vorenngha, qu'as-tu à nous regarder avec ces yeux courroucés ?

Cette dernière répliqua avec colère :

— Et vous, comment osez-vous me parler aussi familièrement et comment me regarderiez-vous, tous deux, si en rentrant vous découvriez un couple inconnu, allongé nu dans votre lit ? — Inconnu, vous rigolez, coupa le journaliste.

— Silence, intima Vorenngha. Vous êtes dans ma chambre et quand je vous ai vus, profondément endormis, je suis allée en informer ma reine qui a alerté la garde.

— Satisfaits de ces explications ? railla la jeune souveraine, le masque dur.

— Non, nous ne sommes pas satisfaits du tout et je me demande à quel jeu tu joues ! Enfin, ne sommes-nous pas tes amis ? N'est-ce pas toi qui, tout à l'heure, en revenant de la forêt, nous as guidés jusqu'ici ? Toi qui nous as fait nous poser sur le chemin de ronde et…

— Quoi ? gronda la blonde jeune femme, furibonde. Je vous ai guidés, moi ? Et comment vous aurais-je fait vous… « poser » sur le chemin de ronde ? Avec des poulies, peut-être ou bien en chevauchant un aigle-dragon de Kahoulinnda ? Je ne vous connais même pas. Qui es-tu, toi ?

Estomaqué pour de bon, le journaliste la dévisagea : si

elle était devenue folle, elle partageait cette inconcevable folie subite avec Vorenngha.

— Je suis Gilles Novak, ton ami fidèle, mais je ne vois pas pourquoi je réponds à cette question stupide.

— Rien ne t'autorise à me tutoyer, paltonier[1], ni à m'insulter en qualifiant mes questions de stupides ! Et encore moins à faire l'amour avec cette ribaude dans le lit de ma meilleure amie.

Régine Véran l'apostropha en criant, laissant libre cours à sa colère :

— Eh dis, nous ne faisions pas l'amour : nous dormions ! Et si nos amis étaient là, avec leur Multirays et leurs lasers, tu…

— Leurs quoi ? grinça la souveraine, sans comprendre.

Gilles Novak sembla capituler, consterné, et posa une main sur le bras de sa compagne :

— Je suis… désolé, Majesté, mais mon épouse a le verbe haut et elle va vous faire ses excuses. Puis, criant à Régine sur un ton de reproche :

— Tu vas immédiatement te prosterner et demander pardon à Sa Majesté la Reine que nous avons gravement offensée !

Régine entra dans le jeu, inclina la tête et, sans se soucier de sa nudité, quitta le lit pour aller s'agenouiller devant la souveraine, touchant de son front ses pieds… et offrant aux gardes le charmant spectacle de sa chute de reins et des alentours immédiats. Le Terrien remonta le drap sur son pubis et bredouilla :

— Mille pardons, Majesté, d'offenser votre vue par notre nudité. M'autorisez-vous à aller me vêtir ?

---

1. Gueux, valet, misérable (français des XIIe et XIIIe siècles).

D'un bref mouvement du menton, elle donna l'ordre aux gardes d'abaisser leurs glaives tandis que Gilles, pudibond, assis au bord du lit, tournait le dos et se courbait pour saisir sa tunique sur un tabouret recouvert d'une peau de mouton. Il se redressa lentement, soudain plus du tout pudique et braqua le Multirays sur les gardes, qu'il faucha avec le faisceau violet de la fonction paralysatrice.

Ils s'écroulèrent lourdement, sous les yeux hallucinés de la reine et de sa dame de compagnie.

— Pas un mouvement, conseilla-t-il tandis que Régine se remettait debout en souriant, ravie d'avoir pu berner ainsi les deux jeunes femmes et leur escorte.

La blonde photographe enfila sa tunique et prit son propre Multirays, pour permettre à Gilles de se vêtir à son tour. Ensuite, elle s'éclipsa et revint au bout de trois minutes, ramenant... Doorlinya et Vorenngha mécontentes d'avoir été tirées du sommeil. Ces dernières ouvrirent pourtant des yeux démesurés en découvrant leurs sosies !

— Oh ! Mais... Qui es-tu ? s'écria la Doorlinya qui venait d'apparaître.

— Je... ta Reine ! Je suis ta Reine... probablement. Mais nous nous ressemblons comme des jumelles. Comment est-ce possible ? Je n'ai pas de jumelle !

— Moi, je ne suis que princesse, la fille du roi Alboerick le Sage, avoua la jeune femme, mais si au lieu de t'emporter, de friser la crise de nerfs, tu m'écoutais, peut-être pourrions-nous essayer de dissiper ce malentendu.

— Je te rassure tout de suite sur le sort de tes gardes qui reprendront leurs sens tout à l'heure, temporisa le Chevalier de Lumière.

La souveraine eut une brève hésitation, puis acquiesça d'un sec mouvement de tête.

— Tu t'appelles réellement Doorlinya et tu es la reine de Magonia en ton château de Kohinra, c'est bien ça? commença la princesse du même nom.

— Oui, mais ici tout le monde sait cela. Où veux-tu en venir?

— Tu parles couramment le français : tu es donc capable de te téléporter dans le pays de France, au sein d'un univers parallèle, nous sommes bien d'accord?

— Oui, à part le fait que je... nous n'employons pas le terme «univers parallèle». Nous disons simplement : l'Autre Monde.

— D'accord, mais chaque univers tangentiel ou parallèle possède un nom, ou bien un numéro.

La reine fronça les sourcils :

— Tu... Tu parles d'une série d'autres mondes? C'est impossible! Nous ne pouvons nous téléporter que sur... une planète unique que nous avons baptisée «L'Autre Monde». Je n'ai jamais entendu dire que l'on puisse passer d'en d'autres univers...

— On le peut, intervint Gilles Novak, et nous en sommes la preuve : nous venons d'un « autre monde » que nous appelons la Terre. Quant à notre amie Doorlinya — tu vois elle s'appelle comme toi — elle vient d'un « autre monde » appelé lui aussi Magonia, sur lequel elle est princesse, en sa bonne ville de Kohinra également, alors que sur la planète-sœur, toi, son parfait sosie, tu es reine. D'un continuum à un autre, on enregistre ainsi certaines différences.

La porte de la chambre s'entrebâilla avec précaution sur Alain Le Kern, Daniel Huguet et leurs amis, attirés à leur tour par les éclats de voix… intentionnels de leurs amis. Ils demeurèrent un instant pétrifiés, en découvrant deux Doorlinya et deux Vorenngha !

L'hypnotiseur ouvrit puis referma la bouche, déconcerté, avant de s'approcher. D'abord indécis, il passa finalement son bras autour de la taille de celle qu'il croyait être sa compagne. La reine se dégagea avec brusquerie et le foudroya du regard.

— Ça va, ça va, mille excuses ! Mais comment s'y retrouver avec deux beautés rigoureusement identiques, au même charme, à la même séduction, même si l'une fait la tronche. Oh ! pardon… ma Reine !

— Je ne suis pas ta Reine, manant !

— Et moi, je ne suis pas « ta nant », mais le sien ! renvoya-t-il, ironique, étreignant « sa » Doorlinya.

Il fit une courte pause, toisa admirativement la reine et soupira :

— Pourtant, je me sens d'humeur à devenir mormon : surtout avec des jumelles ! Ça doit pimenter la vie !

— Je te signale, Daniel, que les mormons ne sont plus polygames depuis longtemps, corrigea Gérard Ehret.

— Ça ne fait rien, je prends tout quand même. Ne me les emballez pas. C'est pour consommer tout de suite.

Les deux intéressées finirent par sourire et la reine elle-même pouffa, enfin décrispée :

— Excusez ma méchante humeur, étrangers. Je vois en vos pensées que vous n'êtes pas venus ici avec des intentions hostiles, mais tout cela est si extravagant… Des mondes quasi pareils répliqués à l'infini ! Jamais, nous n'avons entendu parler d'une telle chose. Mais, je veux me rattraper de cette pitoyable entrée en matière. Suivez-moi et pour fêter notre rencontre, nous allons boire le breuvage de l'amitié.

Alain Le Kern toussota :

— Euh… Peut-être même grignoterions-nous un morceau, Votre Majesté.

— Un gros morceau, car nous n'avons pas encore eu le temps de déjeuner, compléta l'hypnotiseur, en offrant son bras à Doorlinya.

Et pas fier du tout, il offrit l'autre à la reine qui, un peu surprise, consentit à passer son bras sous le sien, sans pouvoir s'empêcher de rire de ses pitreries. Elle voulut se diriger vers le palier de l'escalier à vis afin de descendre au rez-de-chaussée mais, d'autorité, Daniel entraîna leur groupe vers le chemin de ronde :

— Tu vas voir, ma Reine… Pardon, se reprit-il, vous allez voir, Majesté, comme c'est drôle d'imiter les oiseaux.

Il cligna de l'œil à Doorlinya, enclencha de l'index le générateur du ceinturon de sa compagne et actionna le sien en serrant la souveraine contre lui. Il s'éleva en douceur, tandis qu'Alain Le Kern l'imitait en enlaçant la seconde Vorenngha. Se sentant emportées dans les airs, les deux jeunes femmes poussèrent des cris de frayeur, mais leur effroi fut de courte durée et leurs hôtes les reposèrent délicatement sur le gravier, près de la monumentale porte à herse, à l'entrée principale du château. Prises de vertige, leur cœur battant la chamade, elles titubaient, s'accrochant aux bras de ces « magiciens volants ». Les autres Terriens prirent pied à leur côté et les rassurèrent, se contenant pour ne pas éclater de rire devant leur mine bouleversée.

Leurs cris avaient attiré la garde qui, au pas de course, passait sous la herse, brandissant des hallebardes, et des épées. Les six hommes d'armes s'arrêtèrent pile et faillirent perdre l'équilibre, entraînés par leur élan, en découvrant deux reines et deux Vorenngha, absolument identiques. Ils s'entre-regardèrent, revenaient sur les sosies, s'entre-regardèrent de nouveau puis, tournant les talons, ils déguerpirent sous la voûte en hurlant :

— Fermez la herse ! Fermez la herse ! Une invasion de sorcières !

La reine elle-même pleurait de rire. En entendant grincer la lourde herse abaissée par les chaînes des cabestans, elle surmonta sa peur initiale et sollicita les Terriens : pouvaient-ils une nouvelle fois, grâce à leurs sortilèges, les emporter, elle et sa dame de compagnie, jusqu'à la cour intérieure, par-delà la voûte de la herse ?

L'opération prit à peine deux secondes. Les gardes affolés débouchaient justement dans ladite cour, après leur fuite éperdue. Là aussi ils voulurent s'arrêter net mais ils se bousculèrent, terrorisés par ce qu'ils découvraient : en passant à travers les murs, les sorciers et sorcières — deux de celles-ci ayant pris l'apparence de leur reine et d'une de ses dames de compagnie — infestaient à présent le château. Ils rebroussèrent chemin, en criant à présent :

— Ouvrez la herse ! Ouvrez la herse ! Les sorciers sont dans la place !

*
* *

Les « sorciers » festoyaient, assis sur les bancs, de part et d'autre de la longue table, dans la vaste salle à manger du château. Sous ces bancs, à leur place respective, ils avaient pris la précaution de déposer leur glaive-laser. Ils avaient fait honneur au succulent et copieux repas — un peu tardif — servi par une cohorte de domestiques à chemise immaculée, gilet de daim et chausses grises, presque en tout points identiques à ceux que connaissaient les deux amies magoniennes des Chevaliers de Lumière. Et le moins étonné ne fut pas Lanngor-Ngo lorsqu'il vit un autre Lanngor-Ngo, maître queux royal, venir présenter le repas.

Le festin se composait de pâtés de grive, andouillettes grillées, truites aux amandes, un gigot de cerf et un civet de marcassin, outre les desserts, le tout à profusion. Alain se pencha vers Gilles, aussi gourmet que lui :

— Dommage que nous n'ayons pas de sacs en plastique ! Avec ce rabiot, nous aurions pu faire des provisions !

Gilles opina, préoccupé :

— Des provisions auraient pu être utiles car nous ne savons pas du tout où nous sommes, dans l'imbrication des continuums spatio-temporels !

La souveraine de Magonia II entendit cette remarque et posa sa main sur le bras du journaliste avec sollicitude :

— C'est vrai, messire Gilles, vous avez besoin d'emporter des vivres, pour votre périple ? Rien n'est plus simple…

Sans attendre, elle héla « son » Lanngor-Ngo qui s'inclina avant de s'éclipser vers les cuisines. Il revint un quart d'heure plus tard escorté de serveurs portant des sortes de couffins et paniers chargés de cuissots de chevreuil, de rôts de sanglier, de pains complets, de fruits secs, le tout enveloppé dans du linge blanc comme neige.

Les Terriens se confondirent en remerciements et la souveraine parut finalement ravie de cette aventure extraordinaire qui rompait la monotonie de son existence. Elle avait insisté pour que ses hôtes restent quelque temps encore au château, mais ils avaient décliné son invitation. Il était urgent de se sortir de la situation dans laquelle ils s'étaient mis. Doorlinya, après s'être entretenue avec Gilles, avait pris à part la reine, son sosie, pour l'entretenir d'un sujet par trop secret pour être entendu des domestiques :

— Dans le château du roi mon père, il existe un passage dérobé conduisant à un souterrain, suffisamment haut pour que deux cavaliers y trottent de front. Il aboutit sur l'autre colline, sous la statue de Naaphtus, le messager du dieu Arl-Gatsha. Est-ce la même chose, ici ?

Surprise, son interlocutrice répondit affirmativement.

— Bien. Dans sa partie la plus proche du château, le souterrain comporte-t-il deux niches, face à face, vers le haut des murs ? Et l'une d'elles abrite-t-elle un anneau mettant en branle un mécanisme commandant l'ouverture d'un second souterrain ?

Nouvelle hésitation, puis :

— Oui ! Une aussi parfaite identité de ces passages secrets me surprend vraiment. Oui, il y a tout cela ici. C'est donc bien comme dans ton château, ma sœur Doorlinya, avoua-t-elle, émue. J'ai seulement vu l'amorce de ce boyau latéral, fort ancien, car mes ancêtres l'avaient aménagé en piège : une pente accentuée faisait choir le ou les condamnés dans un précipice. Je n'en sais pas plus.

— Nous autorises-tu à visiter discrètement ce souterrain ?

— Ciel ! Mais vous allez périr dans le précipice ! s'alarma la reine.

— Non. Tu en as fait l'expérience : nous possédons des charmes magiques qui nous permettent de voler et de ne pas tomber dans le précipice. Alors, nous accordes-tu la permission d'entreprendre cette exploration ?

— Et toi, consens-tu à me dire ce que cache cette… requête ?

— Naturellement, ma sœur, répondit Doorlinya. Au fond de « mon » passage secret et du précipice, une porte inter-dimensionnelle s'est ouverte. C'est par celle-ci que nous sommes arrivés ici. Notre ami messire Gilles pense qu'au fond de ton gouffre, il existe peut-être un passage secret. C'est en tous les cas pour l'instant notre seule possibilité de retrouver la porte vers notre dimension normale.

— Oui, compléta le banneret. Directement ou par étapes, j'espère que ce sas nous conduira vers notre univers d'origine. Nous devons tout tenter pour y retourner. Dans notre situation, tu chercherais, j'en suis sûre, à regagner ton propre monde, toi aussi.

La souveraine en convint, et un peu triste, posa sa main sur celle de son sosie :

— Fasse qu'Arl-Gatsha vous aide à retrouver sans danger le sentier invisible aboutissant à votre monde. Mon vœu est sincère, mais je le suis tout autant en affirmant, Doorlinya, que j'aurai de la peine, après votre départ. Nous aurions pu devenir toi et moi comme deux sœurs. Reviens quand tu veux… si tu le peux…

CHAPITRE VIII

Ayant pris congé de la reine de Magonia II, attristée de leur départ, Gilles et ses compagnons s'étaient regroupés au fond du gouffre, quasi identique à celui du château de Magonia I. A cette différence près, non négligeable : celui-ci disposait d'une étroite cheminée d'aération par où circulait un air frais.

Gilles fut le premier à prendre conscience d'une perception bizarre, et constata rapidement que ses amis aussi partageaient ce sentiment d'étrangeté, une sorte « d'effleurement » psychique difficile à définir.

— Apparemment, quelqu'un cherche à établir un contact mental avec nous, raisonna-t-il. Nous avons déjà ressenti cela... A ce moment-là, nous nous imaginions que c'était peut-être Doorlinya qui avait disparu avec Daniel. Mais peut-être s'agit-il d'un bref sondage émanant d'un individu hostile et non pas d'un allié...

Il enchaîna à l'adresse de la princesse-fée :

— A toi de jouer, pour tenter une nouvelle plongée transcontinuum en groupe. Dispose-nous à ta convenance.

Elle les fit placer en « chaîne de force », chacun croisant ses bras sur la poitrine pour saisir les mains de ses voisins, réduisant ainsi le diamètre du cercle, dans lequel Vorenngha faisait face à Doorlinya. Cette dernière s'apprêtait à fournir d'autres directives, mais Alain rompit provisoirement le cercle :

— Excusez-moi, nous allions oublier les vivres !

Paniers et couffins rassemblés au milieu de la chaîne, les torches électriques éteintes, le géomancien réintégra sa place, assuré qu'au plan ravitaillement, l'intendance suivrait !

— Faites le vide en vous ; accordez votre esprit sur le mien. Quand vous percevrez clairement l'image mentale que je vais transférer dans votre psychisme, nous serons en syntonie et la téléportation s'opérera.

Nul ne lui posa de question sur cette image mentale, afin de ne pas l'intellectualiser, la former soi-même. Les participants savaient qu'elle choisirait une « cible » suffisamment particulière pour éliminer les risques de confusion.

Une croix à la barre verticale très allongée...

Non... Une épée... Un glaive... Un glaive planté en terre et entouré de liserons aux fleurs pourpres... Le glaive d'Alain Le Kern ainsi retrouvé au cœur de la forêt, quelques heures plus tôt... Les fleurs et le liserons disparaissaient maintenant... L'arme redevenait telle qu'elle était au moment où Alain la planta.

Sans transition, le télétransfert s'opéra. Ils se retrouvèrent dans une grisaille inattendue, un paysage de lande sinistre enveloppée de brume, avec des buissons rabougris, pour autant que l'on put en juger. Une sensation communément partagée les fit grimacer : ici régnait cette puanteur caractéristique déjà notée ; une infecte odeur de fauve. A une distance impossible à évaluer, ils apercevaient de temps à autre de petites lueurs orangées qui parfois clignotaient, deux par deux, à hauteur d'homme ou un peu plus haut.

Des respirations rapides, haletantes...

Des grognements ou feulements étouffés...

Et graduellement, *ils les virent*, émergeant de la brume ! Des êtres de cauchemar, approchant les deux mètres, un torse puissant, des cuisses allant en s'amincissant, des jambes curieusement coudées avec des pieds tridactylés, larges et dotés de griffes, une tête apparentée à celle des loups, une mâchoire moins allongée mais aux dents démesurées, enfin, sur tout le corps, un épais pelage noir. Et ces « choses » anthropomorphes marchaient sur leurs pattes inférieures, les membres supérieurs un peu écartés, les doigts griffus...

Terriens et Magoniens s'étaient immédiatement tapis derrière un buisson, le Multirays en main, l'index sur la détente.

— Des Voirloups ! chuchota Doorlinya, pétrifiée luttant pour ne pas hurler son épouvante. Nous ne sommes pas revenus en Magonia, hélas. Nous avons dérivé jusqu'à l'Empire des Ténèbres !

Avaient-ils été repérés par ces êtres hybrides, mi-humanoïdes, mi-loups, surnommés les Voirloups dans les vieilles légendes du pays d'Aube, en France aussi bien qu'à Magonia[1] ?

Le petit groupe se déplaça silencieusement pour s'enfoncer dans les taillis, sans quitter des yeux les monstrueuses créatures. Celles-ci s'avançaient de leur démarche lourde, se courbaient parfois pour faire quelques

1. Légendes qui inspirèrent à Ronnie G. Martin et Alain Richard leurs albums B.D. *Le chasseur de Voirloups*, diffusion Dargaud.

pas à quatre pattes puis se redressaient. Ce que les humains avaient pris pour de petites lueurs orangées clignotant deux par deux n'étaient autre que leurs yeux ! Des yeux brillant de cette étrange lueur orangée, déjà aperçue par Gilles et Daniel lors de leur incursion vers le Village de l'Eternel Crépuscule.

L'un des ces inquiétants bipèdes quitta brusquement la meute et s'élança vers la droite où il fut caché par un bosquet. On entendit un cri de bête affolée qui se mua en râle et se tut. Le Voirloup revint, tenant dans ses griffes un animal de la taille d'un mouton, au pelage moucheté.

Un autre Voirloup s'arrêta, huma l'air et fondit vers le buisson que nos amis avaient quitté une minute plus tôt… en oubliant un couffin contenant le cuissot de chevreuil. Le monstre s'en empara vivement, y planta ses crocs, arrachant une bouchée énorme qu'il mâcha deux ou trois fois seulement avant de l'avaler. Un deuxième larron survint, qui voulut participer à la ripaille, mais l'autre grogna, montra ses crocs sur un feulement plus grave, plus profond que celui d'un tigre, et lança sa patte griffue sur le museau du « pique-assiette » qui battit en retraite en grognant, l'air mauvais…

— Merde ! chuchota Jerry Fowler. Il a piqué notre gigot !

— Oui, eh bien tu vois, j'aime mieux ça, dit Gérard Ehret, plutôt que ce soit nous qui fassions office de gigot.

Philosophe, Alain répondit tout bas :

— Et puis sans sauce, le cuissot de chevreuil devient vite un étouffe-chrétien.

— Normalement, tu l'accompagnes avec quelle sauce, toi ? demanda Monique.

— Des champignons, des lactaires ou mieux des morilles, si tu en trouves. Tu fais revenir du lard maigre et des petits oignons et…

— C'est pas vrai ? chuinta Daniel Huguet. On est encerclés par des loups-garous et tous les deux échangent des recettes de cuisine ! Oh, ça va pas, la tête ?

La meute s'éloigna, sans avoir senti la présence des étrangers, fort heureusement sous le vent qui emportait, dans la direction opposée, leur odeur et l'aura de leurs eaux de parfum. Une silhouette plus claire et nettement plus petite apparut sur la gauche et les Voirloups s'arrêtèrent, grognant puis tournant sur eux-mêmes. Certains semblaient vouloir rebrousser chemin. La petite silhouette se rapprochait, armée d'un tube brillant qu'elle brandissait en poussant des petits cris qui semblaient effrayer ces créatures velues. Celles-ci se regroupèrent vers le bosquet et la silhouette plus claire, humaine, s'assit sur un rocher, tel un pâtre paissant son troupeau.

Gilles Novak, Alain et Daniel se concertèrent, intrigués par la présence de ce Magonien. Car à n'en point douter, avec sa taille un peu inférieure à un mètre cinquante, il ne s'agissait pas d'un enfant mais bien d'un ressortissant de Magonia. Prudemment, ils rampèrent entre les buissons, le Multirays en main et stoppèrent, interdits. Après un soupir, le petit bonhomme venait d'entonner *mezza voce*, en français :

— *J'aim'rais revoir ma Normandie, le doux pays, de mes amours ; J'aim'rai revoir ma Normandie, où il n' fait pas nuit, comme dans un four…*

Daniel Huguet battit des paupières, incrédule et chuchota :

— C'est pas possible ! C'est moi qui, pour rigoler, ai

estropié ainsi cette chanson en l'apprenant, l'an dernier, à… Non, ce serait une coïncidence extraordinaire. Rapprochons-nous encore un peu…

Régine et ses compagnons abandonnèrent leur position pour progresser en silence vers le trio des éclaireurs qui s'étaient remis en mouvement. Tous s'arrêtèrent de nouveau, cette fois très près du Magonien. Les trois hommes échangèrent un regard, partageant la même surprise et l'hypnotiseur appela à mi-voix :

— Hep ! Hep !… Papalunké !

Le Magonien se leva d'un bond, effrayé par cette voix, puis il localisa sa source, haussa les sourcils et se précipita, débordant de joie, bégayant d'émotion :

— Mémémé… Messire Dada… Daniel !

Il aperçut Gilles Novak, Alain Le Kern et un peu plus bas le reste du groupe, puis il ouvrit des yeux ahuris et s'inclina profondément :

— Prin… Oh ! Prinprin… cesse Doorlinya, que je suis concon… tent ! En-en-en… fin, des visages amis…

Il se retourna brusquement en entendant des grognements qui se rapprochaient et leva son cylindre brillant, lâcha un faisceau grésillant qui atteignit les monstrueuses créatures, lesquelles se reculèrent en gémissant.

— Palunk-Laé ! murmura la souveraine qui n'avait pas oublié ce personnage plus bête que méchant pour s'être acoquiné avec les comploteurs et avoir reçu de Daniel le surnom de Papalunké [1]

Bête, certes, mais lâche aussi car il n'avait pas hésité une seconde à trahir ses complices devant l'entrée en scène des Terriens venus délivrer Alboerick le Sage.

---

1. Cf. *Les sentiers invisibles*, op. cit.

Menacé d'une correction par Daniel, il s'était empressé de se mettre à leur service. Et paradoxalement, peut-être en raison d'une tendance masochiste, Palunk-Laé avait fini par témoigner de l'attachement au Méridional qui, pourtant, le houspillait sans ménagement.

— Comment es-tu arrivé là ? Dans l'Empire des Ténèbres ?

— Oh ! C'est une lolonlon… gue histoire, mémémé… sire Gilles.

— Dans ce cas, raconte-nous seulement le début et la fin. Sans bégaigai… yer, conseilla Daniel.

— Le dédé… but ? Bon. Quand les Bakors et leurs alliés Gorounks — ces Voirloups qui, eux, ne se sont pas montrés — ont réenvahi Kohinra, ils ont délivré les Magoniens coupables de complot contre notre bon roi. Ces conjurés avaient été, souvenez-vous, enfermés dans les geôles du château, grâce à votre intervention, messeigneurs…

Palunk-Laé oubliait simplement de mentionner qu'il avait (eût-il été la cinquième roue du carrosse) comploté peu ou prou lui aussi contre le souverain !

— Reprenant la situation en main, les Bakors me retrouvèrent et me passèrent à tabac pour avoir pactisé avec vous. Ensuite, notre bon roi et sa cour furent exilés chez les Gorounks de la pire espèce, surnommés les Sorciers de Gorounka. Quant à moi, j'ai été condamné à surveiller les Gorounks primitifs, ceux qui n'ont pas encore été dressés, puis civilisés.

— Et le roi mon père, Palunk-Laé, où est-il ? s'inquiéta Doorlinya.

— Dans la Cité des Ténèbres, princesse, avoua-t-il l'air malheureux.

— Ici, donc ?

— Non, messire Gilles. Disons, pas précisément. Ici, c'est l'Empire des Ténèbres, le pays des Gorounks, mais la Cité des Ténèbres est une ville souterraine géante : la mégalopole des sorciers de Gorounka. J'ignore où elle se situe et comment on y accède. J'ai essayé de parler avec d'autres prisonniers magoniens, affectés à des tâches diverses, mais ils n'en savent pas plus que moi.

Il hésita, l'air de plus en plus malheureux et se fit suppliant :

— Si vous parvenez à délivrer notre bon roi, messire Gilles, emmenez-moi avec vous, même si je ne suis qu'un misérable vermisseau ! Vous aussi, messire Daniel, sauvez-moi, je ferai ce que vous voudrez !

— OK, tu me cireras les pompes, Papalunké, plaisanta l'hypnotiseur.

— Oui, oui, je les cirerai le matin, à midi et le... C'est quoi, les pompes ?

Le banneret des Chevaliers de Lumière sourit et précisa :

— Les chaussures, les chausses, mais parlons sérieusement, Palunk-Laé, car nous sommes comme toi perdus dans cet Empire des Ténèbres. Avant tout, il nous faut en savoir un peu plus sur ce monde. Pourquoi l'appelle-t-on ainsi ?

— Voyez-vous même. On l'appelle ainsi parce que cette grisaille sombre est celle du « grand jour », messire Gilles.

— Mais sans doute aussi, ajouta la princesse, parce que cet empire est celui du Mal.

— Oui, continua le petit homme. Les Gorounks possèdent un tas de machines, d'instruments que nous ignorons, nous, sur Magonia. Ils sont très savants ; ils volent dans des chars silencieux et emploient des armes assourdissantes comme le tonnerre. Ils font même peur aux Bakors, parfois, et je me demande si ceux-là ne regrettent pas leur alliance avec eux. J'ai surpris une conversation avec des gardes bakors et l'un d'eux disait à peu près ceci : « Ils finiront par nous traiter comme des inférieurs et non comme des alliés ! »

— N'oublions pas, confia Doorlinya, que tout ce qui relève d'une technologie avancée passe pour être de la magie ou de la sorcellerie, aux yeux du bon peuple…

— Les Gorounks doivent être nombreux à parler ou au moins comprendre le magonien ?

— Oui, en-dehors des primitifs quasiment tous le comprennent. J'ai moi-même appris un peu leur langue, messire Gilles.

— Cela pourra être utile. Mais parle-nous encore des sorciers de Gorounka. Comment procèdent-ils pour dresser et civiliser les primitifs ?

— Je ne suis sûr de rien, mais je crois qu'ils les mettent d'abord dans des boîtes où ils s'endorment. Quand ils se réveillent, ils savent parler et ont appris à servir leurs maîtres. Ils reçoivent alors des vêtements. Une sélection suit. Les uns sont affectés à des travaux divers, dans les champs ou les usines. D'autres, les plus forts et les plus volontaires, subissent un entraînement militaire. Ce sont ceux-là qui, éduqués, vont capturer les primitifs dans les forêts du Sud pour les transférer dans les zones d'acclimatation comme celle-ci, où ils restent quelques semaines ou davantage, avant d'être évacués vers la Cité des Ténèbres.

Les explications naïves de Palunk-Laé recouvraient une

réalité qui ne devait rien à la magie : les « boîtes » où les primitifs s'endormaient pour se réveiller « civilisés » évoquaient, à l'évidence, les sarcophages communément employés à bord du *Nerkal*, le vaisseau amiral des Chevaliers de Lumière. Ces sortes de cercueils translucides pouvaient aussi bien assurer un traitement biorégénérateur, dispenser l'enseignement hypnopédique d'une langue étrangère, qu'effectuer des conditionnements psychiques profonds. Autant de technologies de pointe dont les Centauriens se servaient depuis des millénaires.

Ainsi traités, les Gorounks « sauvages » apprenaient la langue de leurs maîtres, un métier, ou subissaient l'entraînement militaire pour devenir ensuite — le Magonien l'ignorait — peut-être de bons citoyens... ou de simples zombies ! Quant à la « géographie » de ce monde ? Palunk-Laé n'en avait pas la moindre idée. Il connaissait seulement son chemin pour, à trois kilomètres de cette « réserve », regagner les baraquements où les primitifs étaient parqués. Lui-même et quelques-uns de ses compatriotes vivaient dans l'un de ces baraquements avec interdiction de s'en éloigner. Ils y faisaient leur cuisine — essentiellement composée de légumes et champignons, très rarement agrémentés de viande.

Gilles et ses compagnons sursautèrent et dégainèrent leurs armes en entendant un hululement strident qui fit s'agiter les Gorounks. Palunk-Laé leva la main, rassurant :

— C'est seulement le signal du soir, messeigneurs. Il est l'heure de rejoindre le camp où je dois ramener les primitifs. La nuit ne tardera pas à tomber.

Il afficha une expression embarrassée puis se décida à parler :

— Si vous le souhaitez, un peu plus tard, je pourrai

vous faire franchir l'enclos et je vous abriterai pour la nuit. Il y a beaucoup de places libres, dans notre baraquement. Mes compatriotes y sont aussi malheureux que moi et vous n'aurez aucune crainte à avoir à leur sujet. Ils ne vous trahiront pas, trop heureux de revoir leur princesse et de caresser l'espoir de s'enfuir un jour avec vous. Les militaires bakors qui gardent le camp ne sont que cinq et ils ne s'occupent pratiquement pas de nous. Le matin, il vous suffira de quitter l'enclos avant leur inspection.

— Nos compatriotes, combien sont-ils ?

— Dix-sept, princesse ; chacun affecté à la garde, à la surveillance d'un groupe de vingt à trente primitifs.

Gilles porta ses regards vers les Gorounks ou Voirloups qui piétinaient d'impatience, sachant que la sirène annonçait la nourriture. Ils grognaient, tournaient en rond mais n'osaient pas courir vers le camp, de peur de recevoir une décharge électrique.

— Merci de ton offre, Palunk-Laé, fit le journaliste. Nous l'acceptons volontiers mais nous ne viendrons te rejoindre que plus tard. Pour l'instant, nous allons explorer le secteur. Décris-nous plus en détail ton camp, afin que nous ne commettions pas d'erreur ni d'imprudence, quand nous serons près de l'enclos...

*

* *

Une lune répandant une faible clarté mauve se levait à l'horizon sud-est, dissipant à peine les ténèbres auxquelles, pourtant, Gilles et ses amis commençaient à s'accoutumer. Au passage, ils avaient repéré le camp, les baraquements indiqués par Palunk-Laé et, un peu plus loin, la

« cheminée », une colonne rocheuse coiffée d'un « chapeau », telles les « demoiselles coiffées » résultant d'un phénomène d'érosion et que l'on peut voir en maintes régions du monde.

Se déplaçant silencieusement à une cinquantaine de mètres de hauteur, ils avaient opportunément choisi cette « table » pour y déposer leurs paniers et couffins de vivres, les recouvrant de plaques d'ardoise récupérées au sol pour les soustraire à d'éventuels rapaces. Ainsi débarrassés de ces fardeaux, ils pourraient plus aisément faire usage de leurs armes, le cas échéant. Ils avaient soigneusement noté des repères et consulté la boussole emportée par Alain pour suivre désormais la direction du sud théorique indiquée par celle-ci.

A une vingtaine de kilomètres, ils survolèrent un autre camp puis aperçurent, plein sud, une vague clarté fort étendue, vers laquelle ils se dirigèrent, en redoublant de vigilance. Il s'agissait d'une ville, importante à en juger par les innombrables lumières jaunes faiblement discernables encore à travers la brume grisâtre qui stagnait sur certains quartiers, probablement des zones industrielles. Il ne s'agissait probablement pas de la fameuse Cité des Ténèbres puisqu'elle n'était pas souterraine et qu'elle baignait dans une clarté relative. En se rapprochant, ils virent que les maisons formaient des cubes énormes, inélégants, aux toits surmontés parfois de curieuses structures en étoile alternant avec des cônes animés d'un lent mouvement de rotation.

— Des antennes, j'imagine, chuchota la journaliste. Ces cônes mobiles doivent capter des émissions provenant de satellites ou de relais cosmiques. Il peut s'agir aussi du contraire, ces cônes émettant en direction de lointains destinataires, sur d'autres planètes de ce système. Ce bloc ne doit pas être un édifice d'habitation, mais plutôt un centre technique de transmissions, de communications. Un lieu qui pourrait devenir malsain pour nous.

Ils s'en éloignèrent, préférant survoler les faubourgs de la cité plutôt que de la traverser, remontant même à plusieurs centaines de mètres de hauteur.

— En tous les cas, nous avons manifestement affaire à une civilisation assez évoluée, nota Gérard Ehret.

— Attention ! chuinta Elisheva. Attention, vite ! Un aéronef à midi !

Ils jetèrent un bref coup d'œil vers le nord. L'engin arrivait. Ils dûrent se résoudre à redescendre prestement et à prendre pied sur le toit d'un immeuble proche, pour aussitôt se tapir derrière des structures pyramidales qui émettaient périodiquement des vibrations sourdes.

L'aéronef — une sphère aplatie, dotée de grands hublots — se posa sur ses étançons au centre du toit de l'édifice voisin. Le tout dans le plus parfait silence. Une passerelle mobile s'abaissa, éclairée par la lueur orangée provenant de l'intérieur du vaisseau. Sur ce fond lumineux se découpaient les silhouettes de Gorounks au nombre d'une vingtaine. Leurs pas lourds, cadencés, firent résonner le métal du plan incliné. Ils se dirigèrent vers une petite tour, à l'un des angles du toit. Celle-ci abritait un spacieux ascenseur où ils purent tenir tous à l'aise. Les Chevaliers de Lumière regardèrent la cabine partiellement en extérieur descendre rapidement.

Gilles et ses compagnons actionnèrent leurs ceinturons dégraviteurs-propulseurs. Sans bruit, ils allèrent se poser sur le toit de cet édifice proche et, marchant ensuite courbés, ils s'approchèrent de l'aéronef. A l'opposé du sens de leur progression, ils distinguaient une pâle lueur jaune sur le ciment du toit plat, provenant d'une partie éclairée du véhicule aérien. Il s'agissait en fait d'un habitacle avancé, celui d'un poste de pilotage, clos par une bulle transparente. Gilles passa sous le ventre de l'appareil. Au travers de la bulle, il distingua un Gorounk en jaquettes rouge et... une Magonienne uniquement vêtue d'une sorte de short, en peau de daim sans doute.

Elle était assise devant le pupitre de commande et, de leur cachette, observant la scène en contre-plongée, les « explorateurs » ne pouvaient guère voir son visage, non plus que celui du Gorounk. De ce dernier, ils ne distinguaient que les jambes au pelage noir, sous la console de métal, près de la jeune femme. Les doigts de celle-ci tambourinaient nerveusement sur les appuie-bras du siège orientable. Elle fit mine de baisser les yeux vers le sol de l'édifice où le vaisseau s'était posé, mais les releva immédiatement et agita de plus belle le haut de son corps.

Par signes, Gilles désigna le plan incliné et laissa Alain et Vorenngha en faction, dissimulés sous la passerelle d'accès. La Magonienne les préviendrait télépathiquement de la remontée probable des Voirloups. Sur la pointe des pieds, le Multirays au poing, réglé sur sa fonction paralysatrice, les autres membres du commando gravirent la passerelle. Au jugé, ils tournèrent à droite, longeant un couloir qui s'élevait suivant la courbure du vaisseau. Toujours au jugé, à une hauteur estimée à la moitié de celle de l'aéronef, ils empruntèrent une coursive avec cabines à gauche et à droite et débouchèrent sur une salle d'observation qui dominait le poste de pilotage.

Déçus, ils rebroussèrent chemin, espérant ne point faire de fâcheuses rencontres. Après plusieurs tâtonnements, au bout d'une coursive qui devait être parallèle à la coursive supérieure, ils arrivèrent à une porte ovale, haute de deux mètres cinquante sur environ deux mètres, dans sa plus grande largeur.

A droite, un rectangle lumineux orange. Après une hésitation, Gilles assura son arme dans sa dextre et posa sa main à plat sur le rectangle lumineux qui s'enfonça d'un demi-centimètre… et commanda le déplacement latéral de la porte coulissante. Assis au poste de pilotage, le Gorounk tourna sa tête de loup monstrueux et ouvrit la gueule sur un feulement… mais c'est tout ce qu'il fit : le faisceau paralysateur le figea sur place tandis que la Magonienne étouffait un petit cri, puis se redressait brusquement en pleurant de joie.

— Je n'osais y croire. J'avais ressenti télépathiquement que des pensées amies étaient toute proches.

Tous reconnurent la blonde et belle Slovaniée[1], l'une des six amies de Doorlinya appartenant à la cour du roi Alboerick le Sage et, en conséquence, captive des Bakors. Et maintenant des Gorounks ! Que ce vaisseau (et justement celui qui abritait la jeune femme-fée) ait atterri si près de l'endroit où se cachait le Commando Alpha tenait du miracle ! Ou d'un hasard providentiel, même si Gilles Novak répugnait à admettre l'existence du hasard…

Slovaniée fit un geste mais ne put qu'avancer une jambe, l'autre restait attachée par la cheville à l'axe rotatif de son siège. Ce fut la princesse-fée qui courut vers elle et la prit dans ses bras, sanglotant de joie et d'espoir. Jerry Fowler, en réduisant au minimum le faisceau thermique

1. Cf. *Les sentiers invisibles*, op. cit.

du Multirays, sectionna la chaîne au ras du bracelet enserrant la cheville de la prisonnière.

— Ils m'ont enseigné leur langue dans leur sarcophage de conditionnement, et appris le pilotage de ce type de vaisseau, expliqua Slovaniée. J'effectue une période d'entraînement sous la surveillance de ce chef pilote que vous avez paralysé. Mais comment pouvez-vous être là ? Et libres de surcroît !...

De l'index, elle essuya une larme et sourit :

— Les explications seront pour plus tard. Il faut décoller car ces monstres peuvent revenir d'un instant à l'autre, dit-elle en se remettant aux commandes.

— Attends, dit Doorlinya. Je lance un appel psi à Vorenngha et Alain le Kern qui sont restés en faction sous le vaisseau pour qu'ils montent à bord.

Slovaniée mit en circuit le générateur de champ : une faible vibration se fit entendre. Puis elle se mit à guider télépathiquement Alain et Vorenngha dans les méandres du vaisseau qu'ils venaient de rejoindre. Bientôt, ils accouraient à l'entrée du poste de pilotage exigu. Riant de bonheur, Slovaniée écourta les effusions et manœuvra des curseurs sur la console. Lentement, l'aéronef effectua un quart de tour, ses patins d'atterrissage à seulement quelques centimètres du toit, puis s'immobilisa, face à la cage d'ascenseur. Gilles et Daniel s'étaient accroupis sur le parquet de l'habitacle pour ne pas être vus. Les autres demeuraient en retrait hors de la bulle de pilotage. Du toit de l'édifice, seuls demeuraient en partie visibles le chef pilote (paralysé à ses commandes) et sa copilote captive.

— Attention ! Ils arrivent ! annonça Slovaniée.

Le buste droit, immobile, elle tapait, telle une dactylo, sur le clavier d'un ordinateur. Sur un écran s'inscrivit l'image des vingt Gorounks qui, sortaient de l'ascenseur et se dirigeaient maintenant vers le vaisseau. Le chef de la colonne s'étonna un instant de la modification de position et de l'élévation du vaisseau. Il n'eut pas le temps d'approfondir ses réflexions.

Un cercle violet enveloppa leur groupe qui, en une fraction de seconde, fut transformé en rayonnement. Slovaniée augmenta le gradient du générateur gravito-magnétique et l'appareil se souleva au-dessus des toits. Il fila vers le sud à une allure croissante.

— Restez bien toujours accroupis, contre la paroi du poste de pilotage, ordonna Slovaniée. Ou rentrez à l'intérieur du dxokal (Prononcez « djokal »). Et ne vous montrez pas trop aux hublots. Comme ça, si le QG établit le contact, vous serez hors du champ du télévisionneur.

— Dxokal ? interrogea le journaliste.

— Cela veut dire « escorteur », Gilles. A propos, le pilote a une arme à son ceinturon. La boucle de celui-ci abrite un émetteur-récepteur et sa poche droite un bloc de télécommandes. Débarrasse-le de ce ceinturon et passe-le autour de ma taille.

Le journaliste s'acquitta de cette tâche et la jeune Magonienne s'informa :

— Bon maintenant guide-moi. Où s'est dissimulé le *Nerkal* ?

— Ah oui... C'est vrai, nous n'avons pas eu le temps de te renseigner. Nous sommes non seulement coupés du *Nerkal* mais aussi de notre aviso, le *CDL 9*, avoua-t-il en lui résumant la situation, peu brillante, dans laquelle ils se débattaient.

La blonde Slovaniée considéra ses compatriotes Doorlinya et Vorenngha puis elle secoua la tête, assaillie par le découragement :

— Tout à l'heure, en vous voyant surgir et paralyser cette abjecte créature, j'étais folle de joie, convaincue que vous veniez nous délivrer et que ce soir, je serais dans les bras de Fuungo-Shan !

Fuungo-Shan… Le Centaurien, spécialiste du service action psychologique à bord du cosmonef géant des Chevaliers de Lumière. Ce colosse avec lequel elle avait eu une aventure sentimentale, sept mois plus tôt.

Réalisant avec un temps de retard, la princesse-fée avait posé vivement sa main sur l'épaule de sa compatriote, émue soudain :

— Tu as dit « nous délivrer » ? Tu saurais donc où sont emprisonnés mon père et…

— Bien sûr que je le sais ! Nous sommes une quarantaine, assignés à résidence dans un immeuble périphérique de la Cité des Ténèbres, édifiée dans une caverne démesurée de l'équateur, à plusieurs milliers de mètres de profondeur.

— Et mon père est vivant ?

— Oui, ma chérie, lui et sa cour ont la vie sauve. Mais le moment venu, hélas, ils seront tous psychiquement conditionnés pour devenir les marionnettes des Bakors et des Gorounks. Surtout de ces derniers qui sont, en fait, les véritables maîtres de l'opération en cours… En voici les préparatifs… Regardez prudemment à l'extrême bord du cockpit et plongez les yeux vers le bas…

Ils s'approchèrent avec précaution du bord du dôme transparent et suivirent le conseil de Slovaniée. Ils restèrent sans voix, pétrifiés en découvrant, sur une immense étendue, des milliers et des milliers de vaisseaux analogues à celui qui les emportait. Des rangées interminables de baraquements alternaient avec l'alignement des escadrilles et la jeune pilote commenta :

— Voici les forces d'invasion de Gorounka sur le pied de guerre et les baraquements que partagent ces monstres et leurs soi-disant alliés les Bakors.

— Par invasion, tu… ?

— Oui, Gilles, je fais allusion à l'invasion d'une série de continuums spatio-temporels, dont celui de Magonia quasi achevé (Slovaniée ignorait les derniers événements de son royaume) et probablement aussi celui de la Terre. Et je ne vois pas ce qui pourrait arrêter ces monstres barbares malheureusement dotés d'une technologie très développée. Seuls les Chevaliers de Lumière et leurs alliés auraient pu intervenir et nous sauver. Mais où sont-ils ? Où les prévenir ?

Ils se rassirent lourdement et la jeune femme, accablée de chagrin, se laissa aller à pleurer. Puis elle sursauta à l'exclamation de Gilles :

— Slovaniée ! Ce vaisseau a un plan de vol connu et tu dois, je suppose, le ramener à sa base dans un délai déterminé ?

— Oui, et je m'étonne même que le QG n'ait pas appelé… Je…

Elle battit des paupières, lut dans le psychisme du Terrien et refoula ses larmes :

— Au point où nous en sommes… Nous pouvons tenter l'impossible ! Je suis d'accord…

CHAPITRE IX

Le dxokal de Slovaniée accéléra vers l'ouest, et ses passagers virent défiler — interminablement, semblait-il — les rangées d'aéronefs transcontinuums alternant avec les baraquements des forces d'invasion. Cette impressionnante concentration de combattants et de matériel s'arrêtait en bordure d'un désert où le vaisseau atterrit enfin. La Magonienne laissa en circuit le générateur de champ et entraîna ses amis, au pas de course, en direction de la plus proche escadrille.

Ils s'approchèrent d'un grand vaisseau puissamment armé aux dires de la jeune Magonienne, même si rien d'extérieur ne le laissait imaginer. Du ceinturon qu'elle avait « hérité » du chef pilote, la jeune femme-fée retira un petit boîtier de télécommande et composa l'indicatif d'ouverture de l'écoutille d'accès. Rien ne se produisit. Elle essaya un autre numéro. Un panneau rectangulaire s'ouvrit, duquel descendit en ronronnant une passerelle. Sans hésiter, elle s'y engagea, suivie par Gilles Novak et ses compagnons. Ensuite, le groupe emprunta, en courant les coursives, sans plus tâtonner, pour déboucher enfin dans le poste de pilotage.

Slovaniée s'installa aux commandes, et lança le générateur gravito-magnétique, rentrant simultanément la passerelle et le train d'atterrissage. L'engin décolla, s'immobilisa au-dessus du dxokal abandonné. Slovaniée manipula d'autres boutons du panneau de commande. Soumis au champ tracteur de l'appareil « emprunté » aux forces d'invasion, le dxokal s'éleva à son tour, et vint se plaquer contre le ventre du vaisseau de combat. Puis ils s'élancèrent vers le sud-ouest. Gilles vérifia qu'aucun bâtiment ne se lance à leur trousse. Etrangement, rien ne bougeait. Personne ne semblait s'être inquiété de la manœuvre non-programmée dans les registres de mission. Bientôt, dans la grisaille sombre de la nuit gorounkienne, les occupants de l'aéronef aperçurent une mer de goudron droit devant eux.

La Magonienne gagna de l'altitude, remorquant toujours le second vaisseau puis elle interrompit le champ tracteur. Le dxokal, livré à lui-même, piqua, tournoya follement et plongea enfin dans l'élément liquide noirâtre, pour s'y engloutir.

— Maintenant cap sur la Cité des Ténèbres ! décréta la jeune femme.

— Un instant, intervint Gilles Novak. Dans l'un des camps d'acclimatation des Voirloups sauvages, vers le nord, nous comptons des alliés en puissance : Palunk-Laé et dix-sept autres Magoniens prisonniers mais jouissant d'une relative liberté de mouvement. Leur camp ne compte que cinq surveillants bakors, qui, au demeurant, ne portent par les Gorounks dans leur cœur. Ne crois-tu pas que ces prisonniers, si nous les délivrons, nous seront d'une aide précieuse pour…

Il se tut subitement, sembla prêter l'oreille, imité par ses amis. Tous se montraient intrigués, irrités par cette étrange sensation d'effleurement psychique qui venait de se manifester à nouveau. Le phénomène — bref — cessa.

Interrogées, les trois Magoniennes, télépathes, furent incapables d'expliquer ce « toucher » mental extrêmement subtil.

— Si c'est un appel, murmura pensivement Doorlinya, il émane peut-être de quelqu'un de très malade, blessé et sans force. A moins que cela ne provienne d'un sujet psi rusé en train de nous espionner, de tester discrètement notre psychisme.

— Ces appels télépathiques indiscernables, lointains, cela ne vous rappelle rien ? dit soudain Daniel Huguet.

Devant les mines perplexes de tous ses camarades, l'hypnotiseur continua :

— Je ne parle pas à nos amis magoniennes, ni à Jerry et Elisheva, qui n'ont pas vécu cette aventure, mais à vous autres…

— Ah oui ! s'exclama le journaliste. Ces messages indiscernables dont nous n'avons jamais eu l'explication et que nous avons captés dans le vaisseau des intrigants petits Shahins aux étonnantes facultés psy [1].

— Exactement.

— Tu crois qu'il pourrait y avoir un lien.

— Je n'en sais rien. Mais je sais que les messages non-déchiffrés — qui étaient peut-être des mises en garde, selon nos frères vahouns — nous ont laissé cette même sensation désagréable d'impuissance.

— Nous verrons, acheva le directeur de *LEM*.

A l'invitation de celui-ci, Slovaniée enchaîna :

---

1. Cf. *Réseau Alpha*, op. cit.

— Je viens de lire en toi la position géographique de ce camp et j'ai sondé — superficiellement — l'esprit de nos compatriotes captifs : dont celui de Palunk-Laé. Les autres sont endormis mais lui veille… il vous attend… espère que vous allez venir le rejoindre clandestinement la nuit ainsi qu'il vous l'a proposé…

Un court moment plus tard, le vaisseau atterrissait en silence en retrait de ce camp. Gilles et Daniel, seuls, en descendirent, franchirent la clôture d'un bond grâce à leur ceinturon dégraviteur. Ils avançaient à tâtons dans la nuit, à la faible lueur du satellite violine qui baissait sur l'horizon.

Ils s'arrêtèrent devant le baraquement localisé par Slovaniée, et s'apprêtèrent à frapper à la porte quand celle-ci s'ouvrit. Le Magonien, heureux de les revoir, leur fit signe d'entrer, mais ils l'invitèrent tout au contraire à sortir, et à les suivre pour qu'ils lui expliquent leur plan. Palunk-Laé roulait des yeux effarés, incrédules, puis il trépigna de joie et alla réveiller, sans bruit, ses compatriotes.

Dans les minutes qui suivirent, les dix-sept Magoniens, leurs tuniques et sandales hâtivement passées, les yeux encore bouffis de sommeil, sortirent derrière Palunk-Laé. Daniel les prit en charge pour les faire monter à bord tandis que le banneret des Chevaliers de Lumière confiait un Multirays à Palunk-Laé.

— Toi et moi, nous allons réveiller les Bakors censés assurer la garde de ce centre d'acclimatation. Tu penses que les deux dont tu as surpris la conversation pessimiste pourraient passer dans notre camp ?

— Co-co-comment savoir ?

— Te chargeras-tu de les convaincre ?

— Ou-ou-oui, messire Gilles. S-s-surtout avec ça, rit-il, en montrant le Multirays.

— Certes, mais attention, nous avons besoin d'alliés, pas de traîtres en puissance qui pourraient au dernier moment lancer l'alarme. Es-tu télépathe ?

— Pratiquement pas, mais je puis vous assurer que les Bakors le sont moins encore.

Gilles hocha la tête, lui exposa encore une fois son plan, puis tous deux se glissèrent vers le petit baraquement des cinq gardiens ; plus exactement quatre, sous les ordres d'un sergent. La porte s'ouvrit sans difficulté, et Palunk-Laé actionna l'interrupteur. Une ampoule jaune répandant une lumière pâle éclaira le dortoir, faisant grogner les hommes. En découvrant l'un de leurs prisonniers, ils quittèrent les châlits et saisirent leurs armes rayonnantes mais n'osèrent pas s'en servir devant ce gros pistolet que le Terrien braquait sur eux.

Palunk-Laé conseilla en français :

— Je crois qu'il est inutile de les menacer, messire Gilles. Je vais leur parler.

Le journaliste n'abaissa pas franchement son arme, restant sur ses gardes, tandis que le Magonien s'adressait dans leur langue à ses ex-gardiens. Ceux-ci marquèrent d'abord l'incrédulité, puis l'inquiétude, enfin adoucie d'un espoir mitigé.

Ils passèrent en hâte leur tunique grise, eurent un mouvement de la main vers leur étui mais renoncèrent à prendre l'arme accrochée à leur ceinture.

— Je leur ai expliqué ce que vous m'avez dit, à savoir que les Terriens ont conclu un pacte avec l'état-major bakor pour neutraliser la menace d'invasion des monstrueux Gorounks... qu'ils ne trouvent pas particulièrement sympathiques. Ces cinq-là m'ont cru d'autant plus facilement que je leur ai dit qu'ils pouvaient conserver leur arme.

— Parfait. Dis-leur encore que nous attendons d'eux une aide efficace. Ils entreront en action à nos côtés et à celui des Magoniens, leurs ex-ennemis. Ensemble, nous mènerons un combat libérateur et pacificateur, mais nous leur demandons au départ un engagement de fidélité. C'est indispensable pour vaincre les Gorounks. Ils le comprendront... Incidemment, fais-les parler ; tâche de savoir s'il y a un haut commandement bakor sur Gourounka et, si oui, où se trouve-t-il ? Renseigne-toi également sur la présence éventuelle d'un officier supérieur bakor, ou de plusieurs, hors du quartier général souterrain...

*

* *

Après avoir obtenu les renseignements désirés, le banneret entraîna Palunk-Laé et les cinq Bakors « retournés » vers le vaisseau.

— Cap au nord, indiqua le journaliste à Slovaniée.

— Où va-t-on ? demanda l'hypnotiseur.

Tandis que l'aéronef s'ébranlait, Gilles Novak exposa son plan à ses amis.

— Nous devons rendre visite à un certain général Dlou-N-Ko. Il commande une base à quelques kilomètres d'ici. Il est un des plus hauts gradés bakors en fonction hors du HQG de Gorunka. Et il a l'incontestable avantage de comprendre le français.

— Et alors on va le faire parler ? s'exclama Alain Le Kern.

— Parler sans doute, répondit le journaliste. Mais on va surtout tenter de le rallier à notre cause. Le soutien d'officiers supérieurs bakors est indispensable pour entraîner leurs compatriotes à leur suite.

— Et tu es sûr de ton coup avec ce « Loulou écolo » ? demanda Daniel, fidèle à sa manie de déformer les noms pittoresques.

— Pas le moins du monde. D'autant que c'est paraît-il un officier d'élite redoutable. Mais c'est notre seule chance. Il faut la tenter.

Quelques instants plus tard, le vaisseau manœuvré de main experte par la jeune Magonienne se posait à distance du camp. Gilles demanda à la pilote de dissimuler tant bien que mal l'aéronef sous les taillis proches.

— Nous revenons au plus vite, fit le banneret, car nous devons éviter de prendre des risques inutiles. Qui sait d'ailleurs, si nous ne sommes pas déjà recherchés ? Il me semble vraiment suspect que personne ne se préoccupe de la disparition de ce vaisseau.

Slovaniée acquiesça. Elle manœuvra le module spatial pour aller le dissimuler lentement sous la voûte d'un bosquet. Les futaies étaient constituées d'une sorte d'épaisse mousse brûnâtre opaque. Puis Gilles, Daniel Huguet, Palunk-Laé et un Bakor, silencieusement portés par les ceinturons-dégraviteurs, quittèrent l'appareil. Quelques secondes plus tard, ils se posèrent dans la cour du casernement bakor commandé par l'imposant général Dlou-N-Ko. Beaucoup plus important que les camps d'acclimatation, ce poste de commandement en surface relayait les ordres du commandement suprême installé, lui, dans la Cité des Ténèbres, comme l'avait supposé Gilles Novak.

Le Bakor leur indiqua silencieusement les quartiers de

l'officier supérieur, un grand baraquement au centre du camp. D'un saut de ceinturon dégraviteur, ils s'y portèrent. Les faisceaux paralyseurs des Multirays eurent raison des vigiles bakors, dont l'attention avait été détournée par leur compatriote. Puis le quatuor se précipita à l'intérieur du bâtiment.

Dlou-N-Ko avait un sommeil agité, peuplé de visions cauchemardesques où de monstrueux Gorounks envahissaient Warka, sa planète. Il émit un bruit de gorge en se sentant secoué doucement. Se croyant dans son rêve, il agita un bras comme pour repousser un agresseur. Une nouvelle secousse le fit se tourner dans son lit et il ouvrit enfin les yeux. Puis la bouche. Les yeux se fermèrent et se rouvrirent à plusieurs reprises mais la bouche demeura grande ouverte devant ce Terrien et ce Magonien qui braquaient sur lui d'énormes pistolets de nature inconnue. Il fit un mouvement de la main en direction de la lampe de chevet, mais Gilles lui appuya le canon sur la tempe, chuchotant :

— Je sais que vous comprenez le français, général. Et à votre place, je resterais bien tranquille pour écouter ce que nous avons à vous dire. D'accord ?

Lèvres pincées, le général lâcha un « d'accord » manquant de chaleur.

— J'irai à l'essentiel car nous disposons de peu de temps. Est-ce que cela vous dirait de devenir chef d'état-major et commandant suprême des forces non pas d'invasion mais de libération de Warka, votre planète ? Car vous ne pouvez l'ignorer : les Gorounks, tôt ou tard, vous révéleront leurs véritables visées hégémoniques et afficheront le mépris dans lequel ils vous tiennent. Ils se servent de vous tant qu'ils en ont besoin. Ils enverront vos forces en première ligne lors de l'invasion transcontinuum qu'ils préparent et ils n'interviendront que dans un second temps. C'est bien leur plan ?

Le silence du général valait acquiescement, et le Terrien continua :

— Vous aurez alors subi des pertes effroyables et…

Le général le considéra avec une certaine ironie :

— Vous prêtez aux Magoniens des possibilités défensives qu'ils sont loin de posséder. Leurs armes rayonnantes sont vieilles et en trop petit nombre pour présenter une réelle menace…

— Allons, qui vous parle des Magoniens, général ? Soit vous voulez vous moquer de moi, soit vos agents de renseignements ne sont guère efficaces, s'ils ne vous ont pas encore informé de notre présence sur Magonia. Et vous savez fort bien d'autre part, que Magonia n'est qu'une étape dans le plan d'invasion des Gorounks, visant des continuums autrement mieux défendus.

L'officier eut une moue ironique :

— Nous connaissons assez bien votre niveau technologique, à vous les Terriens, à peine supérieur au nôtre, mais très en dessous de celui des Gorounks.

Gilles Novak le dévisagea avec un ricanement sarcastique et répéta, en la modifiant d'un mot, sa précédente question :

— Qui vous parle des Terriens, général ? C'est au nom des Chevaliers de Lumière que je m'adresse à vous, d'égal à égal, car je suis le banneret de cet Ordre Cosmique en France. En d'autres termes, le Commandeur de l'Ordre pour le territoire français. Et nos forces n'attendent qu'un signal de moi pour déclencher l'assaut sur vos positions et les anéantir, bluffa-t-il.

La mine soudain décomposée, le général Dlou-N-Ko accusa le coup et cilla, encore indécis. Palunk-Laé, obéissant au scénario conçu par le Terrien, intervint :

— Vous ne me connaissez pas, général, mais je suis le responsable de la Résistance sur Gorounka. Notre mouvement regroupe des Magoniens naturellement, mais aussi — et ça, vous l'ignorez probablement — des centaines de vos compatriotes qui ont vu clair dans le jeu des ignobles Gorounks et ne veulent pas devenir un jour leurs esclaves. Et mes compatriotes magoniens, en exil sur ce monde maudit, sont donc déjà les alliés de vos dissidents ou déserteurs en puissance, préfigurant ce que pourrait être le grand mouvement de libération dont le frère banneret vient de parler.

— Alors, général ? l'interpella Gilles à son tour. Ne voulez-vous pas prendre la tête de ce mouvement de révolte qui sauvera très probablement votre espèce d'une défaite ignominieuse, due à la trahison de vos faux alliés, ces « loups-garous » de nos légendes ?

Ebranlé par ces arguments — reflétant une situation qu'il ne pouvait pas ne pas avoir envisagée — Dlou-N-Ko s'assit dans son lit.

Le journaliste revint à la charge, d'un ton cependant détaché :

— Honnêtement, si vous acceptez de jouer le jeu, nous gagnerons du temps... car, il ne fait pour nous aucun doute que nous l'emporterons grâce à la puissance invincible de notre Ordre Cosmique. Mais si vous doutez encore, vous n'encourrez aucun risque. En effet, en cas de retournement de la situation en faveur des Gorounks, vous aurez toujours la ressource d'affirmer que vous avez agi sous notre menace.

— Mais de votre côté, en supposant que j'accepte le marché, quelle garantie m'offrirez-vous ?

Gilles remit très ostensiblement le Multirays dans son étui et répliqua en écho :

— En supposant que vous acceptiez, quelle garantie de sincérité m'offrirez-vous ? Votre parole d'officier ?

Le général hésita, puis acquiesça.

— OK, général. Vous avez la mienne qu'en aucune manière, si les choses devaient mal tourner, nous ne trahirions notre pacte.

Cette formule, bien qu'ambiguë, emporta l'adhésion de l'officier supérieur. Celui-ci s'adressa à Palunk-Laé :

— Votre... mouvement de résistance comporte combien de membres ?

— Plusieurs centaines de vos compatriotes infiltrés dans la Cité des Ténèbres, mentit le Magonien avec autant d'aplomb que Gilles. Ils n'attendent que le signal pour entrer en action... aux côtés des centaines de Magoniens exilés eux aussi sur Gorounka...

*

* *

Même les cavernes géantes de Carlsbad, au Nouveau-Mexique, n'auraient pu donner qu'une pâle idée de l'ampleur de la métropole édifiée à des milliers de mètres sous terre, dans la plus gigantesque grotte que l'on pût imaginer. Une grotte aux parois vertigineuses rendues plus noires encore par des coulées de manganèse avec, ici et là, des paillettes réfléchissant l'éclat anémique des projecteurs suspendus à la voûte.

Des véhicules silencieux en forme de traîneaux, glissant sur coussin magnétique, se déplaçaient rapidement le long des larges avenues, transportant des groupes de Gorounks en jaquette d'uniforme rouge, bottes de la même couleur, et un volumineux pistolet accroché à leur ceinturon.

Etrange cortège que ces voitures occupées par des loups monstrueux, à station verticale, plus grands que des humains, terrifiants avec leurs yeux orange phosphorescents…

Au cœur de la Cité des Ténèbres se dressait un édifice conique aux multiples étages percés de baies répandant une faible clarté jaune : le quartier général des Forces interarmes de Gorounka, avec à son sommet le spacieux bureau du général-commandant suprême, Kraolhountgo. Cet effrayant colosse gorounk approchant les deux mètres dix, à la puissante poitrine gonflant sa jaquette blanche aux parements d'or, abaissa de sa main-patte velue l'un des petits leviers du pupitre équipant son bureau et le haut-parleur se tut. Le commandant suprême fulminait de rage : rien de la conversation entre ce traître de général Dlou-N-Ko et cet abjecte Terrien — ce Gilles Novak — ne lui avait échappé.

Sa gueule aux crocs luisants laissa fuser un feulement sourd et il tourna la tête, oreilles dressées, vers le fauteuil face à son bureau. Une superbe métisse l'occupait : la ravissante et mystérieuse jeune femme que Gilles Novak avait prise pour Iemanja, au Brésil.

— Non seulement, tu auras ta récompense, Lioul-Hangaé, mais je vais te faire octroyer la citoyenneté d'honneur de Gorounka, grommela l'officier.

Ses babines noires esquissaient un rictus cruel. Quant à ses yeux orangés, ils fixaient la Terrienne à peu près nue sous son voile translucide, avec une sorte de flamme avide. Après une pause, le généralissime reprit de sa voix rauque, presque sifflante, en redonnant un coup de poing sur sa table :

— Tu avais vu juste en me prévenant des propos défaitistes de ce général bakor qui vient de démontrer sa traîtrise. Saloperie de Bakors ! On ne peut pas avoir confiance en cette race dégénérée. Vivement que l'on se débarrasse d'eux.

Il brisa un crayon entre ses pattes velues, puis il se leva en se mettant à faire les cent pas et à tourner autour du fauteuil de Iemanja/Lioul-Hangaé.

— Tu as tout aussi justement attiré mon attention sur ce Terrien, ce Gilles Novak, capable avec sa clique de constituer pour Gorounka une sérieuse menace.

La jeune femme croisa haut ses cuisses généreusement découvertes et rectifia, avec un rire de gorge :

— Ne minimise pas mon rôle, Kraol : j'ai fait plus qu'attirer ton attention sur Gilles Novak. J'ai agi de façon suffisamment mystérieuse sur cet homme et sa femme pour les attirer jusqu'ici, avec leur bande d'aventuriers, et les faire tomber en ton pouvoir. Je ne te le cache pas, je suis assez satisfaite de moi puisque ce Novak est même quasi persuadé que je suis une alliée occulte de son entreprise insensée.

Le général Kraolhountgo vint s'asseoir sur le volumineux appuie-bras du fauteuil de Lioul-Hangaé en émettant un gloussement de hyène qui devait être sa manière de rire :

— Loin de moi l'idée de m'attribuer tes mérites, belle

Lioula ! Nous saurons les récompenser à leur juste mesure, et même au-delà. Reconnais que nous t'avons fait confiance en tout point, avant même de connaître la réalité de ce que tu avançais. Moi et mon état-major avons suivi méthodiquement ta ruse diabolique : attendre que ton compatriote Novak se manifeste, se cache avec ses complices sur le toit d'un immeuble, et envoyer sans retard un vaisseau ayant pour copilote l'une de ses amies, cette Slovaniée qu'il a aussitôt délivrée. Tu as même pu sauver les vingt fantassins, laissant croire à ces forbans que le champ annulaire bleuâtre les désintégrait, alors qu'en fait il s'agissait d'un champ de translation expédiant tout simplement ces soldats dans la cour de leur casernement. Tu as réédité là, avec bonheur, le sauvetage des Bakors sacrifiés sur le toboggan et dématérialisés au cours de leur chute.

« C'était génial, mais tu as fait mieux en sauvant aussi le dxokal et son pilote paralysé que les conjurés ont lâché sur la Mer Ténébreuse. Y cacher un pilote qui reprendrait en main les commandes sitôt l'appareil enfoncé dans la mer, cela a soulevé l'enthousiasme de mes généraux. Crois-moi, les Gorounks accorde rarement leur confiance à qui que ce soit. Mais dans ton cas, elle a été bien placée.

Il eut un long feulement et, de sa grosse main noire velue, griffes rentrées, il caressa maladroitement les seins de Lioula :

— Quel dommage que tu ne sois pas une femelle de mon espèce. J'aurais pris un plaisir particulier à te témoigner ma reconnaissance autrement... au plan physique...

Elle lui sourit et repoussa sans vivacité sa main :

— Je n'en doute pas, cher Kraol et je te sais gré d'avoir

été franc avec moi en m'annonçant, dès le départ, que les Gorounks n'éprouvaient aucune attirance sexuelle pour les espèces humanoïdes. Nous sommes toutefois unis par des liens d'amitié sincère... qui n'excluent pas l'intérêt. Ne m'as-tu pas promis de faire ma fortune mais, aussi, de m'accorder la couronne de la Terre, lorsque vous aurez conquis ma planète et imposé vos lois ?

— Sans l'ombre d'une restriction mentale, confirma avec sincérité l'être de cauchemar. Plus que quiconque, tu mérites de devenir la reine planétaire de ce globe qui t'a vue naître et qui verra ton ascension fulgurante. Jamais un Terrien n'a apporté une telle aide à Gorounka. Mais parlons d'ici et maintenant : pour l'immédiat, quel brillant avenir réserves-tu à ce Terrien que l'on dit bel homme... et que tu détestes tant ?

Un sourire cruel accompagna la lueur froide qui dansait dans les yeux de Iemanja :

— Il est vraiment dommage que vous, les Gorounks, ne soyez pas télépathes. Ma machination est si claire dans mon esprit, qu'une simple introspection t'aurait permis, mieux qu'un discours, d'en saisir les diverses phases...

Elle se leva, marcha vers le grand écran mural :

— Veux-tu bien programmer le plan de la Cité et de ses abords ? Je t'indiquerai l'agrandissement du secteur dont j'aurai besoin, pour y disposer tes guerriers d'élite. Je dois te prévenir qu'il est à craindre que l'importance de l'opération justifie sans doute quelques pertes parmi les tiens.

Le sinistre Voirloup revint à son pupitre de commande, composa le code approprié et sur l'écran s'inscrivit le plan général de Gorounka, la Cité des Ténèbres :

— On ne fait pas la guerre sans semer des cadavres, énonça-t-il avec désinvolture. L'enjeu de la partie vaut certains sacrifices. Nous honorerons nos héros… après.

*
* *

Au flanc d'une montagne, le dxokal, piloté par Slovaniée, prit contact avec le sol sur un promontoire rocheux. L'éminence était à peine discernable dans la nuit, sous les rayons mourants d'un second satellite rosé qui allait disparaître derrière l'horizon.

Gilles Novak se montrait nerveux, voire exagérément circonspect sans doute. Pourtant, jusqu'à cet instant, tout s'était déroulé sans anicroche : deux autres camps, investis, leur avait permis de libérer une soixantaine de Magoniens et de recruter une vingtaine de Bakors, très impressionnés qu'un de leurs généraux pactise avec ce corps franc terro-magonien. Celui-ci ramenait de ces opérations deux autres dxokalyi, des patrouilleurs puissamment armés, maintenant rangés aux côtés du vaisseau leader, sur cet entablement désertique.

De surcroît, ces coups de main avaient permis de rafler suffisamment d'armes de résonance pour en doter la quasi-totalité des participants à l'action. Gilles n'était pas homme à se lancer à l'aveuglette dans une aventure de cette ampleur, consistant à délivrer le roi de Magonia et une quarantaine de captifs enfermés dans la Cité des Ténèbres, réputée être quasi inexpugnable.

Mais tout allait bien, beaucoup trop bien pour ne pas mettre tous ses sens en éveil. Ainsi tiqua t il, au pied de la montagne, quand en approchant de l'entrée principale

— une formidable voûte de roc large de cent cinquante mètres sur près de soixante mètres de hauteur — il avait découvert que la barrière de potentiel qui d'ordinaire en défendait l'accès n'était pas en circuit. Certes, leurs dxokalyi ne semblaient pas avoir été repérés, mais qu'une place forte aussi considérable que Gorounka ait interrompu son écran de protection confinait au crétinisme… et le crétinisme allait rarement de paire avec une civilisation aussi développée, malgré la bestiale morphologie gorounk.

Car ces Gorounks avaient édifié une ville souterraine géante, fruit d'une civilisation technologique supra-évoluée, et il eût été d'une affligeante naïveté d'imaginer qu'ils aient pu commettre une telle négligence.

Le banneret demeura immobile devant l'emplacement où aurait dû se dresser le champ de force infranchissable.

— Il s'agit très probablement d'un piège, indiqua-t-il à ses camarades et au général Dlou-N-Ko. On peut légitimement penser que notre approche est repérée et même attendue.

— « On » nous invite presque ostensiblement à passer par la grande porte, fit remarquer Alain le Kern.

— Oui, la mariée est trop belle, dit le journaliste.

— Alors il convient de ne pas aller à la noce en soufflant dans les mirlitons, suggéra judicieusement Daniel Huguet, qui partageait sans réserve la prudence du banneret des Chevaliers de Lumière.

Un dernier briefing se tint sous les étançons d'atterrissage du vaisseau leader. Il fut décidé que Daniel et Doorlinya s'intégreraient au commando du général Dlou-N-Ko, formé de la moitié des effectifs bakors et magoniens, soit près de soixante-dix hommes. Les mêmes quotas allaient échoir à Gilles Novak. Gilles et Dlou-N-Ko, après s'être concertés, avaient choisi d'emprunter tout de même le passage ouvert menant à la Cité des Ténèbres. De toute manière, quelle autre option avaient-ils ? Et repérés pour repérés, ils comptaient sur leur propre esprit d'adaptation et leur vitesse de frappe pour l'emporter. Chacun des commandos prit alors la direction des galeries d'aération indiquées par l'officier supérieur. Galeries naturelles que les Gorounks avaient simplement équipées de souffleries pour faciliter l'évacuation de l'atmosphère viciée de la cité cavernicole. L'une de ces galeries — celle qu'allait suivre le commando du général bakor —, dans ses méandres, accusait une longueur d'environ trois kilomètres et débouchait sur une corniche, vers le sommet de la grotte géante. L'autre, que parcourrait le commando de Gilles Novak, s'étirait sur un peu plus de quatre kilomètres, mais aboutissait presque à la base de l'immense caverne, plus près donc du bloc où « résidaient » Sa Majesté Alboerick le Sage et sa cour.

Parvenus près de la bouche de la première galerie, le journaliste et le général bakor se sourirent et se serrèrent longuement la main. En se souhaitant mutuellement bonne chance, ils commençaient à éprouver l'un pour l'autre une amorce d'estime et de sympathie.

— Il faut plus que jamais de se montrer vigilants, dit le général bakor.

— *Alea jacta est*, murmura le chef du Commando Alpha en échangeant l'accolade fraternelle avec l'hypnotiseur.

— C'est ça, répondit Daniel qui entendait assez peu le latin. Allons jacter ailleurs !

*

* *

Dans les faubourgs nord de la Cité des Ténèbres, Gilles et ses compagnons venaient d'émerger de la galerie à une trentaine de mètres du sol, au flanc de la paroi de roc. Une épouvantable puanteur de fauve montait du sol. Le journaliste ordonna à ses hommes de rester un peu en retrait et s'approcha du bord du surplomb. Une échelle métallique, utilisée par les services de maintenance, descendait le long de cette paroi. A ses pieds, s'étendait dans une vague pénombre la grande ville aux édifices peu élevés et cubiques pour la plupart. Au-dessus d'eux se développait le « ciel », l'immense voûte noirâtre. Le « jour » — lui expliqua Slovaniée — des projecteurs répandaient une anémique clarté jaunâtre. Mais là c'était la « nuit » et une lueur de veilleuse, funèbre, débilitante brûlait. En bas la circulation était réduite au minimum.

Slovaniée, se concentrant, lança un appel télépathique. Presque aussitôt, le contact fut établi avec Doorlinya : le commando du général Dlou-N-Ko avait débouché sur la corniche supérieure depuis plus d'un quart d'heure. Il commençait sa descente, à l'ouest de la Cité, empruntant un escalier taillé dans le rocher pour converger ensuite vers le bloc des prisonniers. La jeune Magonienne estimait qu'ils disposaient de deux bonnes heures avant que les projecteurs passent en éclairage diurne. Ce répit laisserait aux commandos magonio-bakor le temps d'encercler l'objectif, en position défensive, tandis que Gilles Novak et son Commando Alpha, dotés de dégraviteurs-propulseurs, eux, gagneraient le toit. La manière d'investir la place restait à définir : l'édifice-prison possédait-il un ascenseur ou un monte-charge comme c'était le cas pour la majorité des bâtiments observés depuis la corniche ? Dans la négative, un escalier aboutissait-il à ce toit ?

Il ne fallut pas moins d'une demi-heure pour que les effectifs au sol soient effectivement répartis autour du bloc sinistre et que Gilles et ses amis puissent s'élever et prendre pied sur le toit-terrasse. En silence, des gardes gorounks furent neutralisés par les tubes infrasoniques, tandis que deux Bakors étaient « retournés », sondés psychiquement par la princesse magonienne et invités à se joindre à l'opération. A l'un des angles du toit se dressait un « tambour » : probablement celui d'un ascenseur.

Le journaliste et Alain Le Kern abandonnèrent un moment leur groupe pour flotter, prudemment, le long de la façade de l'édifice. Pendant ce temps, Slovaniée et Vorenngha sondaient le psychisme des prisonniers, tous endormis quelque part en dessous. Doorlinya capta l'onde psychique de Maogana, l'une des six jeunes femmes qui, avec la princesse et Vorenngha, constituaient un groupe parfait de translation en utilisant les « Chants de Passage ». Elle souffrait de cauchemars peuplés d'ignobles Gorounks entraînés par l'abominable Varouk-Mna, l'usurpateur magonien. La princesse lui envoya un message mental. Une onde de stupeur intense avait envahi le psychisme de la jeune femme, lorsqu'elle avait perçu l'appel psi de Doorlinya.

Elle n'avait pu s'empêcher de tourner la tête précisément vers l'infâme Varouk-Mna qui dormait à ses côtés. Lorsque Gilles s'apprêtait à le transpercer de son glaive, l'abominable personnage avait été sauvé *in extremis* par ses maîtres les Gorounks. L'opportune intervention de ces derniers l'avait téléporté dans la Cité des Ténèbres. Honteux, il s'était aplati devant ses sauveurs en se confondant en remerciements. Conséquence de son incapacité à assurer l'ordre sur Magonia, il avait été chargé par les Gorounks de surveiller le bloc où Alboerick le Sage et ses dignitaires étaient emprisonnés. Le Magonien félon s'était accommodé de cette tâche de geôliers, d'autant qu'il avait été laissé libre d'y exercer à loisir sa tyrannie. Ainsi violentait-il les jeunes femmes de la cour au gré de ses fantaisies. La veille, c'était sur Maogana qu'il avait jeté son dévolu, abusant sauvagement d'elle et la laissant pantelante et souillée, sanglotante, attachée par une cheville à l'un des pieds de son lit.

Frémissant de haine et d'indignation, Doorlinya avait reçu ses confidences télépathiques en exprimant sa compassion à son amie d'enfance. Qui ne répondit point. La princesse récidiva, inquiète, redoutant que Varouk-Mna ayant le sommeil léger et doté de quelques facultés psi — bien qu'inférieures à celles des jeunes femmes — ait soupçonné quelque chose. Il n'en était rien.

Depuis moins d'une minute, Varouk-Mna dormait de son dernier sommeil, le crâne fracassé par sa victime qui avait pu s'emparer du tabouret tenant lieu de table de nuit.

Maogana trouva dans le ceinturon de son bourreau la clé du cadenas fermant la chaîne autour de sa cheville. Elle s'en débarrassa avant de courir, nue, vers la fenêtre qu'elle ouvrit sans bruit.

Emportée par Daniel Huguet, Doorlinya prit appui sur le rebord et sauta dans la chambre, étreignant son amie, caressant ses cheveux, ses épaules secouées par des pleurs.

— Enfile ta tunique, vite !

Déjà, par la fenêtre ouverte, arrivaient l'un derrière

l'autre Gilles Novak, Régine et les autres membres du Commando Alpha dotés d'un ceinturon-dégraviteur. Rapidement mais sans précipitation, en silence, sous la conduite de Maogana, ils s'avancèrent dans les couloirs du bâtiment. Devant chaque chambre-cellule, ils désintégrèrent les serrures, intimant le silence au monarque et à ses dignitaires des deux sexes, réveillés en sursaut et bouleversés de se retrouver libres… au moins dans les couloirs de ce bloc, à défaut de l'être tout à fait.

La princesse, émue aux larmes elle aussi, s'arracha à l'étreinte de son père et rappela à tous de ne faire aucun bruit. Des amis sûrs les attendaient en bas mais, avant d'effectuer la jonction, il convenait de se concerter. Alboerick le Sage confia à Gilles qu'une vingtaine de Gorounks-Voirloups occupaient la salle de garde du rez-de-chaussée de ce bloc, réservé aux « hôtes » de marque dont l'avenir était, hélas, sans espoir. Dans les étages ? Rien. Les portes, extrêmement épaisses et solidement verrouillées — et la présence de Varouk-Mna —, dispensaient les gardes d'exercer une surveillance à chaque étage.

Gilles Novak et ses compagnons prirent la tête du cortège pour descendre sans bruit, délivrant aux différents étages ceux qui y étaient emprisonnés et qui furent regroupés à l'entresol. Pendant ce temps, les membres du commando, glaives-lasers ou Multirays en main, descendirent en suspension gravitique les derniers mètres de l'escalier. Ils désintégrèrent silencieusement l'impressionnante serrure qui fermait la porte blindée donnant sur les étages. Puis ils survinrent par surprise dans la salle des gardes, abattant sans hésiter les six Gorounks qui veillaient dans la pièce aux murs pourvus de râteliers d'armes. La porte du dortoir attenant n'était évidemment pas fermée à clé, et ce fut dans leur sommeil que les quatorze créatures monstrueuses furent supprimées par les faisceaux thermiques.

La porte métallique de l'édifice fut ouverte de la manière la plus douce et la plus ordinaire qui soit, en commandant simplement son mécanisme d'ouverture de l'intérieur. De l'autre côté, à l'extérieur, le général Dlou-N-Ko et ses compagnons, répartis de chaque côté du portail dirigeaient leurs armes rayonnantes vers le panneau de métal qui glissait latéralement. Ils les abaissèrent, soulagés. La jonction effectuée, ce fut au pas de course que les fugitifs se dirigèrent vers le faubourg de la Cité des Ténèbres encore endormie. Alors qu'il restait encore une bonne demi-heure avant que les projecteurs diurnes n'entrent en action, seuls de rares matinaux, sidérés de voir surgir les fuyards, furent paralysés et piquèrent du nez, figés dans des postures grotesques.

Gravir les dcgrés des échelles plantées le long de la paroi verticale, s'engouffrer dans le boyau d'aération, courir en s'accrochant aux aspérités pour lutter contre la violence de l'air soufflé, détaler enfin vers la sortie, vers la liberté, leur prit plus d'une heure.

Lorsqu'ils abandonnèrent la cheminée naturelle, le « jour » grisailleux, crépusculaire se levait. Mais qu'il était doux, pour le souverain et sa cour, l'air de la liberté, loin de la lumière artificielle et de l'atmosphère puant le fauve dans laquelle ils avaient été confinés.

— Général, je suis heureux d'avoir tenté et réussi cette opération avec votre concours, déclara Gilles Novak à Dlou-N-Ko. Nous allons maintenant…

— … jeter vos armes et ne plus faire un mouvement ! lança une voix caverneuse, rauque, tonitruante, jaillissant d'un mégaphone. C'est le général Kraolhountgo, commandant suprême des Forces interarmes de Gorounka, qui vous parle et ordonne.

Un bref dard de feu fusa près du sol, traçant un sillon à leurs pieds, où la roche entra en ébullition. Ils s'étaient instinctivement reculés, les yeux hagards, fixés sur une étroite corniche, dominant le promontoire. Là se déployaient de nombreux Gorounks, équipés de lourds fusils thermiques pointés dans leur direction.

Brandissant l'un de ces fusils, le général apparut sur la passerelle du dxokal qui avait conduit ici Gilles et ses amis. Il porta le mégaphone à sa gueule de loup et gronda avec rage :

— Dernier avertissement ! Jetez immédiatement vos armes où nous balayons votre groupe et vous faisons griller !

La mort dans l'âme, Terriens, Magoniens et Bakors, unis dans le combat, obéirent. Interdits, Gilles et Régine virent alors paraître… Iemanja, cette splendide jeune femme brune qu'ils avaient croisée au Brésil, drapée dans un voile quasi translucide, les épaules couvertes d'une cape bleue. Souriant d'un rictus mauvais, elle tendit la main au général Kraolhountgo. Celui-ci la saisit dans ses doigts griffus, l'aida à faire quelques pas à ses côtés et lui remit le mégaphone.

— Gilles Novak, tu as perdu la partie et entraîné tes complices dans un cul-de-sac dont aucun d'entre vous ne sortira vivant !

Régine, la gorge nouée d'émotion, avait pris la main de son compagnon et la serrait très fort. Etait-ce possible ? Cette très belle métisse brésilienne, belle au point d'avoir été surnommée Iemanja, pactisait avec ces monstres ?

Depuis la Terre, elle était le chef d'orchestre ayant tout organisé, leur fournissant les parfums translateurs. Et maintenant elle apparaissait complice de l'invasion qui, bientôt, ferait déferler ces monstres sur nombre de mondes des univers parallèles, dont la Terre sans nul doute. Ils avaient placé leur confiance en elle, acceptant ses présents, et elle les avait odieusement abusés en leur offrant ces pendentifs et ces parfums soi-disant destinés à faciliter leurs translations transcontinuums.

Les poings et la mâchoire serrés, Gilles frémissait de fureur, vaincu, ivre de haine envers cette compatriote vile au point d'avoir trahi la race humaine au profit de ces hommes loups. Et ivre de rage également contre lui-même de s'être laissé aussi facilement berner.

Pour couronner le tout, cette abjecte créature à la beauté du diable éclatait maintenant de rire devant leur expression consternée. Narquoise, sa voix claqua de nouveau dans le mégaphone, pour s'adresser au su de tous au général :

— Je réclame l'honneur d'en finir avec ces criminels, noble Kraol ! Cède-moi ton arme.

— Tu as mérité amplement ce privilège, belle Lioula, agréa-t-il en lui donnant le lourd fusil thermique.

Avec un cri de désespoir, Régine et Doorlinya s'effondrèrent, secouées par des sanglots déchirants. Un peu plus loin, Monique Augeix sombrait dans le même découragement. Puis ce fut Vorenngha. Alain Le Kern se pencha sur elle. Pleins de sollicitude, le journaliste et l'hypnotiseur s'agenouillèrent à leur tour près de leur compagnes, et Gérard Ehret au-dessus de l'artiste peintre, les aidant à se relever… en cachant dans les plis de leur tunique les Multirays subrepticement récupérés au sol.

Condamnés, ils ne périraient point sans avoir exécuté cette renégate et infligé un maximum de pertes à ses complices. Soudainement et inexplicablement, une phrase sibylline du Vénérable Maître Commandeur de l'Ordre Cosmique retraversa l'esprit de Gilles Novak : « *Quand la flèche est tirée, elle ne revient jamais à l'arc. Tu ne tireras donc qu'après t'être assuré d'avoir choisi la bonne cible* »...

La bonne cible !

— Attendez mon signal ! recommanda-t-il aux siens, s'interrogeant sur la nature du message : télépathie. Simple souvenir ?

Son indécision fut de courte durée. Un événement complètement inattendu, stupéfiant, vint tout bouleverser : pressant brièvement la détente de son arme, Iemanja, venait de tuer sur le coup l'abominable officier voirloup.

— Ne bougez pas, mes amis ! hurla-t-elle simultanément aux fugitifs.

Ils n'obéirent pas immédiatement à cette injonction, faisant volte-face pour lever leurs armes et tirer non pas sur elle, mais sur les dizaines de Gorounks alignés sur la corniche. Plus prompte encore qu'eux, Iemanja avait commencé le « nettoyage » au fusil thermique. Les corps noirs velus, mutilés, en partie carbonisés, certains décapités, dégringolaient dans une pluie de sang le long de la paroi rocheuse. Avec des chocs répugnants, ils s'écrasaient près des humanoïdes — Terriens, Magoniens et Bakors — qu'ils avaient projeté d'assassiner.

L'étrange métisse brésilienne leva son fusil, le brandissant en riant :

— Regardez, les amis ! Regardez le ciel et écoutez !

Perplexes devant la soudaineté des derniers événements, Gilles et les siens levèrent les yeux vers ce ciel désespérément triste et sombre… où venaient de se matérialiser une centaine d'avisos des Chevaliers de Lumière tandis qu'éclatait, amplifié par leurs mégaphones, l'un des « Chants de Passage » du Peuple Fée ! En même temps se répandait dans l'air la suavité d'un subtil mélange de *Nephtys* et *Nephtarés*, les parfums (diffusés ici en quantité industrielle !) créés par Joëlle Oldenbourg. Les parfums magiques aux longueurs d'onde composites, mêlées au spectre sonore de ces chants non moins magiques, venaient d'ouvrir un canal transdimensionnel à travers les continuums spatio-temporels.

Toute l'armée des fugitifs leva bras et armes en hurlant de joie devant cette irruption inattendue, inespérée.

Rapidement, les avisos se disposèrent pour former un gigantesque cercle vertical de huit mille mètres de diamètre. Un étrange halo vert se déploya autour de chacun d'eux, fusionnant avec ceux des autres appareils et au milieu de ce formidable champ de translation apparut alors le *Nerkal*. Le colossal vaisseau cosmique, toutes ses « bouches à feu » démasquées, ses lance-missiles pointés, projetait déjà sur la montagne un fantastique champ de force. Désormais, nul ne pourrait plus entrer ou sortir de la grotte géante de Gorounka.

Soudain, l'une des soutes du *Nerkal* s'ouvrit. Un petit objet en émergea, un aviso dont Gilles et ses amis purent bientôt lire l'indicatif, sous sa face ventrale : *CDL 9* !

— *Salut, vieux frères et jolies sœurs !*

Cette boutade télépathique ne pouvait qu'émaner de Shorung-N'Taal, le fidèle ami Vahoun avec lequel ils avaient accompli nombre de missions périlleuses, sur la Terre et ailleurs. L'aviso se posa. Son plan incliné s'abaissa et sur celui-ci descendirent successivement Michel Merkavim, drapé dans sa tunique blanche arborant sur la poitrine le blason de l'Ordre Cosmique des Chevaliers de Lumière : inscrit dans un triangle vert, un glaive surmonté de la croix pattée de l'ordre du Temple, flanqué à dextre d'une équerre, à senestre d'un compas (signes de rectitude et d'équité), le tout sur fond d'étoiles d'or.

Derrière le kabbaliste israélien et Vénérable Maître Commandeur de l'Ordre, arrivait un géant de deux mètres dix, à la carrure herculéenne, le Centaurien Kartz Hoolinngo, commodore du *Nerkal* et vice-Vénérable Maître. Un être un peu déroutant, à la tunique bleu turquoise, moins grand, à la peau bistre, au crâne relativement plat, chauve, aux yeux étirés vers les tempes et au nez camus, fermait la marche : le Cassiopéen Shorung-N'Taal doué de prodigieux pouvoirs psi.

Tous trois se dirigeaient vers leurs sœurs et frères dont ils venaient de sauver la vie. Slovaniée tendait le cou, espérant voir son ami Fuungo-Shan, responsable du service d'Action Psychologique. Mais celui-ci avait dû rester à bord du *Nerkal*.

Jamais accolades ne furent aussi émouvantes parmi les Rambo du cosmos, alors que les Chevaliers égarés sur Gorounka avaient presque perdu espoir de pouvoir retrouver un jour leur dimension normale. Gilles Novak et Régine s'embrassaient, criaient leur joie, puis le banneret de l'Ordre pour le territoire français tourna la tête, leva les yeux sur Iemanja qui lui souriait. Déconcertante Iemanja ! Qui était-elle vraiment ?

EPILOGUE

Brusquement, la belle métisse s'éleva sur place. Et, après s'être téléportée, elle vint atterrir devant le directeur de la revue *LEM*. Après tous ces coups de théâtre, il s'interrogeait encore sur la véritable personnalité de cette femme et demeurait sur ses gardes.

— Tu as dû... Vous avez dû, tous, me haïr, n'est-ce pas ? Ce rôle, odieux et dangereux à la fois, il m'a bien fallu le jouer, l'assumer sans commettre la moindre erreur, afin de leurrer jusqu'à la dernière seconde les Gorounks en général et ce monstre en particulier qu'était Kraolhountgo. Durant tout ce temps, je vous ai suivis, par touches psychiques discrètes, pour m'assurer que je contrôlais bien vos actions, vos déplacements.

— Peut-on te croire ? Qui pourrait me garantir que tu dis maintenant la vérité ? interrogea le journaliste sans véritablement desserrer la mâchoire.

— Mon père, par exemple, à qui je rendais scrupuleusement compte de tout au fur et à mesure et qui n'attendait que mon feu vert pour intervenir.

Une nouvelle fois confondu et saisi par la perplexité,

Gilles la dévisagea, admirant au passage sa beauté de métisse brésilienne :

— Ton père ?

Michel Merkavim s'avança alors et prit la jeune femme par les épaules. Le chef suprême de l'Ordre cosmique sourit à Gilles :

— Je te présente ma fille Lioula-Hangaé-Merkavim, dont la mère était — elle a hélas rejoint l'Orient éternel — d'origine Vahoukloane, c'est-à-dire elle-même métisse de Centaurien et de Cassiopéen. Lioula est l'un des meilleurs agents de renseignements de notre Ordre, et je suis sûr que vous fraterniserez tous, bientôt, avec elle !

Le père et la fille s'étreignirent, visiblement heureux de se retrouver enfin. Puis le kabbaliste israélien se tourna vers le général Dlou-N-Ko et ses Bakors et vers les Magoniens pour déclarer :

— Vous venez de vivre une extraordinaire expérience, mes amis. Vous tous, naguère violemment hostiles les uns envers les autres, ouvrez les yeux : l'adversité vient de vous administrer la preuve que vous pouviez vivre et collaborer en harmonie. Nous vous y aiderons et nous formulons le souhait que vos peuples respectifs, ainsi que le projetait Sa Majesté Alboerick le Sage, puissent désormais circuler librement d'un continuum spatio-temporel à un autre. Puissiez-vous fonder des familles, donner naissance à des métis qui renforceront votre race puisque, vous tous, à de légères différences près, appartenez à des rameaux issus du tronc commun ayant donné naissance, dans l'univers, au genre humanoïde.

« Soyez-en persuadés : quand les éléments perturbateurs et barbares auront été neutralisés, une aube de fraternité pourra se lever enfin sur les mondes et…

D'assourdissantes explosions retentirent, proches et lointaines. Gilles et ses compagnons échangèrent des regards interrogateurs.

Michel Merkavim leva la main et les rassura :

— Ne craignez rien, mes sœurs et frères, et vous, mes amis. Ce sont simplement nos avisos qui commencent le nettoyage de ce cloaque. Les habitants gorounks de la Cité des Ténèbres avaient été trop profondément conditionnés pour être un jour « retournés ». Les baraquements des forces d'invasion sont actuellement pilonnés, mais soyez rassurés, les unités bakors entraînées dans cette funeste aventure seront épargnées. Nous dépisterons ceux qui se seront rendus coupables de crimes, d'exactions, de forfaitures à l'endroit des Magoniens et ils seront exécutés.

« Les autres, constituant fort heureusement la majorité, formeront les futurs alliés des mondes tangentiels, de ces mondes enfin débarrassés de la menace que représentaient les Gorounks « évolués », ces loups anthropomorphes qui, sous des appellations diverses — vampires, loups-garous, Voirloups et autres Goules ou Gobelins — hantaient les ténèbres des siècles et millénaires écoulés. Ces croyances n'étaient en fait que le reflet d'une épouvantable réalité. En ces temps anciens, les translations de ces êtres maudits s'opéraient plus fréquemment que de nos jours, entre les planètes terroïdes des univers parallèles. Quant aux Gorounks primitifs, non-conditionnés pour le Mal absolu, il suffira qu'ils retrouvent la nature où ils pourront vivre naturellement, comme toute autre bête sauvage.

— Mais pourquoi avoir eu besoin de nous laisser dans l'ignorance ? demanda le chef du Commando Alpha à son

Grand-Maître. Nous aurions pu organiser un plan ensemble.

Le Vénérable Maître Commandeur des Chevaliers de Lumière posa sa main sur l'épaule de Gilles Novak :

— Mon frère Gilles et vous, sœurs et frères du Commando Alpha, je suis sûr que vous nous pardonnerez ces petits secrets et de vous avoir caché l'action occulte de ma fille, dans cette extraordinaire mission. Il était indispensable que vous jouiez votre rôle de combattant, sans rien savoir de Lioula-Hangaé-Merkavim. Agent double, celle-ci devait en permanence conserver une aura de mystère. Pour que nous puissions espérer intervenir avec succès, il lui fallait indispensablement duper les redoutables Gorounks à la solde desquels elle concevait des traquenards qui vous étaient destinés, chacun de ces pièges raffermissant la confiance que les hommes-loups lui accordaient. N'oubliez pas qu'un certain nombre de félons, alliés, des Gorounks, disposaient de certains pouvoirs psi. Ils auraient pu sonder vos esprits.

« Maintenant, mes amis, Bakors et Magoniens, l'heure est venue de vous reconduire dans vos continuums spatio-temporels respectifs ; nous aurons l'occasion bientôt de vous y rendre visite, en vue d'établir en commun une charte d'alliance.

« Quant à vous, sœurs et frères du Commando Alpha, ne décevez pas ceux qui vous attendent dans un petit village aubois, en pays de France. Vous n'avez sûrement pas oublié le rassemblement des amis des Chevaliers de Lumière invités à vous retrouver à Dolancourt, devant le parc d'attractions de *Nigloland*, le samedi suivant le solstice d'été. Ce samedi de la saint Jean-Baptiste, l'initié des traditions antérieures, le disciple que Jésus aimait et dont il reçut le baptême dans le Jourdain…

« Selon le calendrier grégorien terrien, nous sommes la veille de la saint Jean. Vous disposez d'une journée pour récupérer et vous préparer à cette importante rencontre de demain.

Le Vénérable Maître Commandeur de l'Ordre Cosmique des Chevaliers et Chevalières, surnommés les « Rambo du Cosmos », venait de lever les bras, formant le V de la victoire. symbole accueilli par une immense ovation de la part de ces hommes, de ces femmes, nés sur la Terre ou sur d'autres globes, de l'Univers classique ou des autres dimensions, qui dorénavant pouvaient espérer vivre en paix.

Au moins pour quelque temps...

Achevé d'imprimer en avril 1997
sur les presses de l'Imprimerie Bussière
à Saint-Amand (Cher)

VAUVENARGUES - 14, rue Léonce-Raynaud - 75116 Paris
Tél. : 01-40-70-95-57

— N° d'imp. 737. —
Dépôt légal : mai 1997.

Imprimé en France